22
八男って、それはないでしょう！
著
Y.A

「エメラさん、おめでとうございます」
「わかりますか?」
「ええ」
ヴェンデリン
エリーゼ
「エリーゼ、なにが?」
「エメラさんは妊娠しているのです」
ペーター
エメラ

「旦那様、興味ある娘はいらっしゃいますか？」
「ははは。舞を見て綺麗だなって思っただけ」
本当、これ以上の嫁は勘弁してください。

松永唯
ヴァルド王太子
アルフォンス

CONTENTS

八男って、それはないでしょう！㉒

第一話　ワタシノトモダチ　ヴェンデリン

「イスラーヴェル会長が死んだ？」

「はい、バウマイスター辺境伯様。昨晩亡くなられたそうです」

「ブランタークさん、イスラーヴェル会長ってどんな人だったんです？　実はよく知らなくて……」

「かなりの高齢で、確か九十歳は超えていたはずだ。老練で政治力はあったな。結構な年だったからいつ死んでもおかしくはなかったんだが……というか、どうして辺境伯様は知らねえんだよ」

「魔道具ギルドはこれまで色々と古代魔法文明時代の遺産を買い取りに来ましたけど、そんな偉い人が直接挨拶に来るはずないじゃないですか」

「それもそうか。でもなぁ……。俺も辺境伯様も随分と魔道具ギルドに貢献してるってのに、一回も挨拶に来ないってのは不義理だよなぁ……そう思ったら少し腹が立ってきた」

「歴史ある組織だから腰が重たいのでは？　よくあることですよ。それに、ブランタークもバウマイスター辺境伯も魔導ギルドに近い人間ではないですか」

「それもありますか……。彼らはプライドばかり無駄に高くて困りものですね」

「ブランターク、あまり大きな声でそれを言ってはいけませんよ」

「これは失言でした」

魔族との交易交渉において、魔道具の輸入を断固阻止しようとしていた魔道具ギルドの会長が急死した。

ブランタークさんにどんな人なのか聞いてみるが、九十歳を超えた爺《じい》さんだという。

「急死って……ただの老衰じゃないんですか？」

「そうとも言うな。でもよ、あそこの上の連中は、魔導ギルドも真っ青な高齢者の集まりだぞ。世間では『共同墓地』って揶揄《やゆ》されている」

この世界に老人ホームなんてないから、超高齢な老人の集まりイコールいつ埋葬してもおかしくない状態、つまり共同墓地という毒のある比喩表現となるわけだ。

「さすがに魔導ギルドは、魔法が使えなくなるほど年老いた奴は引退するからな」

ところが魔道具ギルドは、魔道具の生産において分業体制を取っていて、管理部門が爺さん婆《ばあ》さんだらけでも、下で実務を担当しているのは若い人たちが多いので生産力が落ちるわけでもない。年を重ねるほど安定した地位と収入が得られるため、むしろその管理部門を目指す者がほとんどだ。

会社組織に近いのかも。

組織では、保守的な上層部に若い人たちが不満を持ったとしても、表立ってそれを口にしてもいいことはないからなぁ。

かくして、魔道具ギルドは一枚岩に見えるわけだ。

「そのせいかわからんが、ここ二百年以上、魔道具は進歩してねえ」

「それ、本当なんですか？」

二百年間、まったく進歩ナシってのも逆に凄いけど……。

地球での科学技術による開発よりも、魔法による技術開発は大変なのかもしれないし、正直なところ俺にはよくわからないんだよなぁ……。

「少なくとも、あまり技術が進歩していないのは事実だな。研究だけに目をやっているベッケンバウアーに言わせると、魔道具ギルドの連中は老害だとさ」

常に需要が絶えない魔道具は、ある程度の生産量が維持できればそれだけで功績になってしまう。

新しい魔道具の試作と、それが成功した際の新規生産ラインの構築よりも圧倒的に楽なので、上が特になにもしなくても魔道具ギルドは稼げてしまうのだ。

咎《とが》がなければ辞めさせられることもないので、余計に上が閊《つか》えているのであろう。

「イスラーヴェル会長に、今さら魔道具を作れって言う人もいませんか……」

「イスラーヴェル会長自身は、それでも魔道具の生産管理で功績のある人だからな」

「功績はあるんですね」

「バウマイスター辺境伯、そうでなければ会長にはなれませんよ。他の幹部たちもそうです。問題なのは、いつまでも上に居座っているって点なので」

「お館《やかた》様も辛辣《しんらつ》ですね」

「ああも圧力をかけられますとね。それは嫌になる貴族たちも多いでしょう。気持ちは理解できるのですが……」

彼のおかげで魔道具の生産量は従来の1・3倍になり、品質もまったく落とさなかった。

功績があり、政治力もあったので、長期間その地位に鎮座してたわけだ。

その代わり、人員を生産力向上と品質維持に振り分けすぎて研究部門が手薄だという悪評もある。

ブランタークさんによると、この点をベッケンバウアー氏は批判しているのだそうだ。

「会長は、魔族が作る魔道具の流入を心配していたらしいからな」

それは確かに心配であろう。

自分たちが失業するばかりではなく、下手をしたらリンガイア大陸では二度と魔道具が製造されなくなり、魔族に魔道具生産を独占されてしまう危険があるのだから。

一度技術が途絶すると、あとで取り返すのは大変だからな。

俺は汎用《はんよう》の魔道具なんて作れないから、魔族が作った高性能な品がもっと市場に出回ればいいと思ってしまう。

俺個人としてはそれでいいのだが、為政者バウマイスター辺境伯としては失格なんだろう。

バウマイスター辺境伯領で魔道具の製造をしている人は……そういえばアキツシマ島《トウ》にいたな……彼らはリンガイア大陸よりも技術力が低く、魔道具を作れる者も少ないのだが。

今は魔王様が持ち込んだ中古魔道具の維持、管理、簡単な修理に追われている。

魔族の国では粗大ごみ扱いで、処分するにも金がかかるガラクタのような魔道具も、部品回収用としてただ同然で購入している。

そのためアキツシマ島では、高度な魔道具の仕組みを勉強しながら稼いでいることになる。

一石二鳥でちょうどいいのだけれど、あまり表沙汰にはできないんだよな。

「葬式に行かないといけないな」

「俺たちがですか？」

「当たり前じゃねえか、伯爵様……じゃなかった、辺境伯様」

俺とブランタークさん、導師も魔導ギルドの所属なので、犬猿の仲である魔道具ギルド会長の葬儀に出ていいものか悩んでしまったが、俺はバウマイスター辺境伯だ。

ブランタークさんはブライヒレーダー辺境伯のお供、導師は忘れてしまいそうになるが王宮筆頭魔導師である。

出席してもおかしくはないというか、出ないと問題になるわけだ。

「顔すら見たことがない人ですけどね。行きますよ」

そこは大人の対応が必要だよな。

「エリーゼ殿もだぞ」

エリーゼは俺の正妻なので、夫婦で出ないとおかしなことになってしまう。

「わかりましたよ。ブランタークさんも奥さんと出席したらどうです?」

「俺は陪臣だし、お館様のお供だから奥さんと同席する必要はないのさ。導師は葬式なんて嫌いだから、一人で参列して終わりだろうけど」

奥さんも連れてこいと、彼に直接言えそうな人はいないか。

「わかりました。準備いたしますね」

王都で所用を終えて大津城《オオツ》に戻ると、エリーゼは葬儀への出席を了承してくれた。

『瞬間移動』があるからこその夫婦での出席であるが、たまには二人で行くのもいいか。

「帰りに、新しい店でケーキでも食べて帰ろうか?」

「はい、楽しみですね」

子供たちの誕生に、魔族への対応、アキツシマ島の統一と統治で忙しかったから、短い時間のデートくらいかまわないだろう。

エリーゼはあまり表には出なかったが、この島の領民たちに無償で治療を続けることでバウマイスター辺境伯家への支持を本物にした。

アキツシマ島の代官に任じられた涼子《リョウコ》以上の治癒魔法使いということで、バウマイスター辺境伯家の優位が確立されたのだから。

まったく戦わなかったが、エリーゼの功績はとても大きいのだ。

「あの、お館様」

「どうかしたか？　涼子」

「私もバウマイスター辺境伯家の代官として、葬儀に出席したいのですが……」

「でも、異教徒の葬式だぞ。大丈夫か？」

涼子は、ミズホと同じ神道に似た宗教のトップでもあった。

このところ大分衰退して影響力は落ちており、大津にある神社に似た神殿『大津大社』ですら廃れてしまい再建の途上だったが、今は神官長として忙しいはず。

彼女が教会の葬式に出ると、色々と問題があるかもしれないと俺は思ったのだ。

「アキツシマの宗教は寛容ですから。お互いを尊重すれば問題ありません」

そこまで言われてしまうと、参列を認めないわけにはいかないか。

せっかくの二人きりでのデートがなくなってしまう事案なので、エリーゼには悪かったが。

「でしたら、普段のアキツシマ風の服装はやめた方がいいですね。葬儀には、教会の人が出ますから」

教会には他宗派や他宗教に寛容ではない人もいるので、そこで異教徒の服装で目立つと、思わぬトラブルになってしまうかもしれない。

エリーゼは、リンガイア大陸風の喪服を着ることを条件とした。

「私、葬儀に着ていく服を持っていないのですが……」

「それはお貸しします」

「ありがとうございます、エリーゼ様」

エリーゼは、本当に優しいよな。

あとで必ずデートの時間を作ろうと思った。

「それでしたら私もお供します。涼子様のお世話が必要でしょうから」

「それでしたら、私が！」

「雪《ユキ》さんは副代官としてお忙しいでしょうから、私の方がいいでしょう」

涼子のお供として、松永久秀《マツナガヒサヒデ》の娘である唯《ユイ》さんが立候補した。

エリーゼと二人きりでないのなら、ちゃんと形式を整えた方がいいか。

他の貴族たちも多数葬儀に参列するはずなので、アキツシマ島の代官と最低限のお供は必要か。

「なら、俺も行くぞ」

「ルルも行きます」

五歳児コンビも立候補したが、彼女たちはただ単に王都観光がしたいだけだろう。

「服がないから無理だな」

「なんだとぉ――――！」

王都に連れていってもらえないとわかった藤子《フジコ》が、少しショックを受けていた。

「葬式だからあまり大勢でゾロゾロと行ってもなぁ。王都観光は、もう少し暇になったら計画するから。お土産を買ってきてやるから我慢しろ」

「それは楽しみだな」

「わ――――い。ありがとうございます、ヴェンデリン様」

とはいえ、いくら賢くても子供は子供だ。

あとで埋め合わせはすると言ったら、すぐに機嫌を直してくれた。

お土産だけでなくアキツシマ島南の海岸で海水浴も計画しているから、それで納得してもらおう。

「では葬儀は四人で行くか。他のみんなは、悪いけど仕事を頼むね」

「それはわかったけどよ」

「なにか疑問でもあるのか？　エル」

「お前、辺境伯に陞爵《しょうしゃく》したんだろう？　その話題が全然出てないじゃないか。お祝いとかはしないのか？　そういうのって盛大にやりそうな印象じゃないか」

多分、あとでローデリヒが主導してやるんじゃないのかな？

招待客の面子《メンツ》を考えると胸ヤケしそうではあるが……。

それに陞爵したとはいえ、領地持ち貴族である俺は年金が上がるわけでもないし、領地が増えたわけでも……増えたけど、俺たちが自分で確保したものだしなぁ……。

南部の統括はブライヒレーダー辺境伯のままで、俺も彼の寄子《よりこ》のまま。

現状では、なにも変わっていないというのが実情であった。

「実感はないと思いますが、伯爵から辺境伯への陞爵です。お祝いは盛大に開かないと……。そうですよね？　エリーゼ様」

「なにもしないわけにはいきませんね」

ハルカの問いに、エリーゼはそう答えた。

「やらないわけにいかないのかぁ……」

「はい」

よく知りもしない魔道具ギルド会長の葬儀はまだいいとして、爵位と階位が上がっただけで大勢のお客さんを呼んで、お祝いのパーティーか……。

面倒だなと思っていたら、ローデリヒから魔導携帯通信機で連絡が入った。

『お館様、陞爵の件は聞きました。辺境伯ともなれば、お館様は押しも押されもせぬ大貴族です。このローデリヒ、感動のあまり涙が止まりません！』

「おっ、おう……」

通信機越しだから確認したわけじゃないが、本当に泣いているみたいだな。

領地を与えられ伯爵になった時には、彼もここまで感動しなかった……いや、してたか？

陞爵した本人よりも家臣の方が感極まっていると、案外冷静になれるものだな。

『ご安心ください。拙者が他に類を見ない豪華なパーティーの準備をいたします。出席者の選定や招待も滞りなく行いますので、お館様はアキツシマ島の統治に傾注していただきたく願います』

パーティーの準備で俺の負担はなかったが、出席自体が面倒そうだ。

招待客の選定とか、招待状を書くとか、面倒なことをしなくて済んだのはいいか。

そんな暇があったら、魔法で開発してろってことなのだろうけど。

「パーティーかぁ……」

「あの、お館様」

「どうかした？」

涼子は、なにか聞きたいことがあるようだ。

「ローデリヒ様というお方は、ミズホの出身でいらっしゃるのですか？」

「いや、そんなことはないと思うよ」

ローデリヒは少なくとも外見を見る限り、生粋の王国人だと思う。

「私、自分を『拙者』と仰《おっしゃ》る方、昔のご本以外で初めてです」

「あいつ、ちょっと変わっているから……」

涼子によると、今のアキツシマ島でも自分を『拙者』と言う人はいなくなって久しいらしい。

俺は涼子に、彼は有能だけどちょっと変人だからと説明しておくのであった。

＊　＊　＊

「似合うなぁ、涼子は」

「ありがとうございます。エリーゼ様が貸してくださったおかげです」

魔道具ギルド会長の葬儀に出席するため、俺は普段のローブ姿のままであったが、エリーゼ、涼子、唯の三名はリンガイア大陸風の喪服に着替えていた。

涼子は、エリーゼの予備の喪服を少しサイズ直しをして……主に胸の部分である。

唯は、リサの喪服をほとんど直しなしで着ていた。

彼女は思ったよりも着痩せする性質《たち》のようだ。

「綺麗《きれい》なご婦人は、喪服がよく似合うってのが常識だ」

「ブランタークさん、美人はなにを着ても似合いますよ」

「そりゃあそうだ。イーナは出席しないのか？」

「他にやることがありますし、ヴェルとブランタークさんって、あきらかに招かれざる客じゃないですか。私まで出ると軋轢《あつれき》がありそうで……」

「向こうもバカじゃないから、社交辞令に徹すると思うけどな」

確かに魔導ギルドと魔道具ギルドの仲は悪いが、お互いのトップの葬式くらいは出席する。

気を使って安くない香典まで包んでいるのだから、せめてちょっと嫌みや皮肉を言うくらいで済ませてほしいものだ。

「ボク、行かずに済んでよかった。堅苦しいのと息苦しいのは勘弁だね」

「ヴェル様、あとで王都にみんなで遊びに行く」

ルイーゼは葬儀に参列しないで済んで安堵《あんど》し、ヴィルマは別の機会に王都に連れていってほしいと強請《ねだ》った。

「そうですわね。私も魔道具関連はさっぱりですから、魔導ギルドの所属ですし。リサさんもですわよね？」

「魔道具作りは、魔法使いの中でも特殊な技能ですから。私にもさっぱりわかりません」

「あたいも、魔導ギルドの所属だからなぁ……ていうか、バウマイスター辺境伯家で魔道具ギルドに所属している奴はいないいじゃないか」

確かにそう言われてみると、カタリーナ、リサ、カチヤも魔導ギルドの所属だ。

俺も含めて、魔道具ギルドに所属している者はいない。

「それは凄いの。妾《わらわ》など、どちらにも所属しておらぬぞ」

「実は所属しなくても、なにも困らないからさ」

「確かにそうよな。そもそも妾のような面倒な立場の人間に勧誘などせぬよな」

元フィリップ公爵で、俺の非公式の愛人。

確かに、俺が魔導ギルドのトップでも勧誘しないと思う。

「ヴェンデリン、妾は土産にゾーリンテのケーキが欲しいの」

「はいはい。買ってきますよ」

「楽しみにしておるぞ」

俺たちは奥さんたちの見送りを受けてから、王都へと『瞬間移動』で飛んだ。

事前に葬儀会場は教会本部と聞いていたので、場所がわからなくて迷う心配もない。

少し離れた場所に飛び、少し歩くと教会本部の建物が見えてくる。

「豪華ですね」

涼子は、教会本部の豪華さに驚きを隠せなかった。

そりゃあ修繕もされず放置されていた大津大社と比べればねぇ。

「教会が豪勢なことはあまり威張れないのですが……」

真面目なエリーゼからすれば、必要以上に豪華な教会に違和感を覚えているのかもしれない。

やはりホーエンハイム枢機卿の言うとおり、彼女が教会の中枢に入るのは難しいようだ。

「それでは参りましょうか」

受付で香典を渡してから会場に入ると、すでにブランタークさんと導師がいた。

導師は葬儀の準備のために昨日王都の屋敷に戻っており、ブランタークさんも所用があるとかで、昨日から王都のブライヒレーダー辺境伯邸へ辺境伯と共に滞在していたのだ。

「まあ、享年九十六だ。死因は老衰。こういう葬式の方がいいな」

若い人や、ましてや子供の葬儀だと、気分的に落ち込んでしまう。

ここまで老齢なら大往生なので、参列者たちの悲しみも少ないだろう。

「むしろ、下の人間が喜んでいるのである」

「「「「導師っ！　シィ――――！」」」」

俺たちは一斉に導師の口を塞《ふさ》いだ。

確かに、参列している魔道具ギルドの幹部たちは亡くなった会長とそう年が違わないので、自分が死ぬ前に次の会長になれるチャンスがきてよかったと思っているはずだ。

あまりに老齢なので、ここで倒れて死ぬかもとか不謹慎なことを考えないでもないが、導師はT

ＰＯを弁《わきま》えてほしいと思う。

きっと、この爺さん連中が魔族との交渉で王国に圧力をかけているので、陛下の親友である導師からすれば好意を抱けないのは当然か。

「（あの爺さんたちの中から会長を決めるのですか？）」

「（それはそうだ。なにしろ連中は幹部なんだから）」

どう見ても、魔道具ギルドの幹部連中に八十歳以下の人はいないように見える。

当然彼らも魔法使いなのだが、すでに現役の魔道具職人としては引退していた。

組織の管理ならば老人でも問題なく、老練な経営で魔道具ギルドを維持しているという実態を、俺は目の当たりにしていた。

「どうせ、誰がなっても同じだろうぜ」

ブランタークさんは、次の魔道具ギルドの会長になる人にまったく興味がないらしい。

誰がなっても、このまま魔族の魔道具の輸入阻止運動を水面下で続けるものと思われる。

なまじ財力があるので、彼らの影響力は絶大であった。

葬儀に参列している他の貴族たちも、そそくさと香典を置き、ちょっと棺《ひつぎ》の前でお祈りをして、やはり辺境伯になった俺に声をかけてきた。

「短期間のうちに辺境伯への陞爵とは凄いですな。見つけた島を征服して新たな領地としたとか」

「これは、ブライヒレーダー辺境伯をも上回る南部一の実力者となる日も近いですな」

「いえ、若輩者の私は、ブライヒレーダー辺境伯殿に助けられることも多く、とても頼りにしております」

人が出世したら、もう足を引っ張り始めたか。

俺とブライヒレーダー辺境伯との仲を割き、その後釜に、自分が入り込もうとしているのか？

この葬儀には多くの貴族たちが集まり、半ば公式の場のようなものだ。

ここで俺は、ブライヒレーダー辺境伯を頼りにしていると堂々と公言した。

そう言っておかないと、また余計なことを考える貴族が出てきて面倒だからだ。

現実問題として、彼の助けがないと大変なことになるのも事実である。

「（エリーゼ、あいつ誰？）」

「（はあ……伯爵様じゃなかった、辺境伯様はいい加減、貴族の顔と名前を覚えろよ）」

「（だから、多すぎですって）」

ブランタークさんは簡単に言ってくれるけど、とにかく多すぎて覚えられないのだ。

ローデリヒは魔法で開発さえしていればなにも言わないし、中央の主立った貴族たちはエリーゼが知っている。

紋章官もいるから問題ないと思うんだよなぁ……。

「（適材適所ってやつですよ）」

「（少しは覚えた方がいいぞ）」

ブランタークさんは年の功とでも言うべきか、大半の貴族の顔と名前を覚えていた。

「（辺境伯様、今『年の功』とか思わなかったか？）」

「（滅相もない！）」

さすがは老練なブランタークさん、心を読まれてしまったか。

「（あの方はブーロ子爵ですね。プラッテ伯爵と縁戚関係にあります）」

「（納得したよ）」

俺がわざとプラッテ伯爵のバカ息子だけを犠牲に、リンガイア返還交渉を成立させたことに気がつかないほど、彼はバカではなかった。

公式の場で俺を怒れない彼は、密《ひそ》かに俺への嫌がらせを始めたのであろう。

「（このくらいなら、問題ないのか？）」

「（あなた、お気をつけください）」

油断大敵かぁ……あとでローデリヒにも報告しておこう。

「ホーエンハイム枢機卿も葬儀で忙しそうだし、ちょっと挨拶してから帰るか……」

これで義理は果たしたので、もう帰ることにしよう。

葬儀会場にいたホーエンハイム枢機卿に挨拶をすると、彼は葬儀を仕切るのにとても忙しそうであった。

「おおっ、バウマイスター伯爵じゃなかった辺境伯殿だったな。陞爵おめでとう、婿殿」

「ありがとうございます」

「ゆっくりと話をしたいところだが、ご覧の有様でな。後日、フリードリヒの顔を見せてくれないか」

ホーエンハイム枢機卿は、教会側の葬儀責任者として多忙を極めていた。

「わかりました。それにしても豪勢な葬儀ですね」

「魔道具ギルドは金があるからな」

ところが魔族の国から魔道具が輸入されるようになると、大幅に力を落とす可能性があるんだよなぁ。

反発して当然といえば当然か。

「色々と事情はあるようだが、教会としては魔道具ギルドに口を出す権限もないからな」

俺には、教会が下手に彼らを刺激して敵に回すのが嫌だと言っている風にしか受け取れなかった。

「辺境伯になった祝いのパーティーに来ていただければ、フリードリヒにも会えますよ」

「それを楽しみに、この忙しい仕事をこなすか。エリーゼも元気そうでよかった」

「はい、毎日色々とありますけど」

「それは婿殿だから仕方がないな。体に気をつけてな」

ホーエンハイム枢機卿とエリーゼの話も終わり、俺たちは葬儀会場をあとにした。

これ以上長居しても、俺にすり寄ろうとする貴族たちに話しかけられて面倒なだけだ。

「涼子さん、教会の葬儀はいかがでしたか？」

「とても豪華でしたね。三好長慶《ミヨシナガヨシ》公の葬儀でも、ここまで豪勢ではなかったそうです」

島の中央部を押さえた天下人と、リンガイア大陸の半分を支配する国のギルドのボス。

後者の方が、金があったというわけか。

「葬儀が豪華でも質素でも、どうせ死ねばわからないのである！」

「伯父様、その発言はさすがに……」

エリーゼが、導師に苦言を呈した。

それはそうなんだが、できれば心の中の声だけにしてほしい。

会場の外には、若い神官たちが客の応対でまだいるのだから。

「お館様、これからいかがなされますか？」

「そうだなぁ……予定よりも早く終わったから、王都をブラブラして、みんなにお土産を買って帰ろう」

「それがよろしいかと」

唯さんにそう言われると、心からそれでいいように思えてくるから不思議だな。

この人、彼の梟雄《きょうゆう》と同姓同名の人の娘で、まだ要注意の人なんだけど。

「あなた。せっかくですので、涼子さんと唯さんの服を購入するのはどうでしょうか？　これからも入り用になるかもしれませんし」

「それがいいか」

涼子さんは、名目だけとはいえアキツシマ島全体の代官である。

バウマイスター辺境伯領本領と交流する機会も増えるので、リンガイア大陸風の洋服も必要であろう。

「唯の分もだな」

「お館様、涼子様を最優先で、私は雪さんの次でいいですよ」

唯さんは自分の分を遠慮し、副代官である雪を優先してほしいと言った。

こういう配慮ができるお姉さんってとてもいいと思ってしまう。

「雪の分も購入するけど、涼子に付き添う機会が多いから唯にも必要だろう。今日はせっかく王都にいるのだし」

「私は、涼子様の侍女のような立場ですから」

「そういうわけにはいかないよ」

唯の父親、松永久秀は、アキツシマ島でもトップレベルの魔法使いにして、故三好長慶に重用されていた武人にして、文官、そして教養人でもある。

彼の娘を侍女扱いでは、のちの島の統治に悪影響が出るかもしれない。

「雪の仕事を手伝ってもいるんだ。遠慮しないでくれ」

「そこまで仰っていただけるのでしたら、お館様のご厚意に甘えさせていただきます。お館様は、懐の大きな男性なのですね」

「そうかな？」

たとえ綺麗な女性にいわくがあっても、褒められて嬉《うれ》しくない男はいないはずだ。

「最初は、公の場で着る服を。次はキャンディーさんの店だな」

涼子と唯は、キャンディーさんを見て驚くかもしれない。

アキツシマ島にはいそうにないタイプだからなぁ……。

「やあ、ヴェンデリンじゃないか」

涼子と唯の服を見に行こうとしたところで、突然声をかけられた。

振り向くと声の主はなんとペーターで、あまりにも予期せぬ再会に、俺もエリーゼも驚いてしまう。

「エリーゼ殿。少し遅れてしまったけど、お子さんが生まれたそうで、おめでとう」

「ありがとうございます」

「ヴェンデリンも、辺境伯に陞爵か。おめでたい……のかな？」

さすがはペーター、俺が陞爵を喜んでいないことに気がついているとは。

それにしても、まさかペーターが王都にいるとは思わなかった。

というか、両国の歴史上、初めてアーカート神聖帝国の皇帝が王国を来訪したのだ。

大騒ぎになるはずなのに、なぜか俺はなにも聞かされていなかった。

「魔族との交渉に出遅れたと慌てて交渉団を送り込んだら、余計に状況が混乱したでしょう？　公式には謝れないけど、個人的に極秘裏にってやつさ。僕の方が若いから、ヘルムート三十七世陛下に配慮したってわけ」

ペーターは極秘裏に一部の口が堅い家臣のみを連れて王国を来訪。陛下と、魔族に対する対応を協議したそうだ。

そして、魔族の国が信奉する民主主義の混乱に巻き込まれたわけだ。

「うちも王国と似たような状況でね……ここではなんだから、ちょっとお茶でも飲みながらどう？」

「おい、ペーター。なぜ涼子の手を取りながら言うんだ？」

こいつは為政者としての才能を十分に持つのに、普段は相変わらずアホみたいなことばかりしている。

きっと、こういう時だけ素の自分に戻ってストレスを解消しているのであろう。

ならば俺は、こういう時だけはペーターを皇帝として扱わない方がいい。

「そこに綺麗な女性がいたからだね。情報どおり、ミズホ人と祖先を同じくする人たちなんだね、アキツシマ島の住民は」

「よく調べているな」

俺は、ペーターの、というか帝国の諜報力《ちょうほう》に感心した。

「それにしても、ヴェンデリンも奥さんが増えて大変だね」

「まだ奥さんじゃない」

将来はと聞かれると、多分そうだ。

「でも、いずれは、だろ？　ヴェンデリンがその島をちゃんと統治するためには、そちらのお嬢さん方を娶《めと》り、生まれた子供を代官にしないと」

確かに、ペーターの言うとおりだ。

ここで嫌そうな顔を二人に見せれば失礼になるし、雪も含め三人とも綺麗で優しい女性だ。

ここは光栄と思わないといけない。それに俺は元日本人なので、日本人風の女性はいいよなぁ。

「そういうペーターは、全然そういう噂《うわさ》を聞かないな」

「……先に、どこかお店に入ろうか？」

俺たちは久しぶりに再会したペーターと、近況報告も兼ねて一緒にお茶を飲むことにするのであった。

＊　＊　＊

「お久しぶりです、バウマイスター辺境伯様」

「陛下共々、辺境伯への陞爵を心からお祝いします」

ペーターは適当な喫茶店に入ったように見えたが、その店内はすでに貸し切り状態であった。

昔のように少数の護衛で動くわけにいかず、店内には一般客を装った多くの護衛たちが席に座りお茶を飲みながら見張りをしており、店外にも同じく多くの護衛がいるようだ。

彼の傍には、近衛隊長に就任した剣豪マルクと、正式に筆頭魔導師に就任したエメラの姿があった。

彼女は、心なしかふくよかになったような気がするな。

「エメラさん、おめでとうございます」

「わかりますか？」

「ええ」

「エリーゼ、なにが？」

「エメラさんは妊娠しているのです」

それで、少しふくよかになっていたのか。

でも、まだお腹はそう目立っていないような……。

魔法使いはローブを着るから、妊娠を気づかれにくくするのは簡単なのだけど。

「ペーター、エメラさんと式を挙げたのか？」

「いや、籍すら入れていない。これからもその予定はない」

子供ができたのに、側室にもしないのか。

ちょっと冷たくないか？

「僕は、エメラ以外の女性とそういうことをするつもりはないんだ」

「気持ちはわかるが……」

一国の皇帝が、実質上の妻が一人だけで済ませられるものなのだろうか？

俺もそれができたら……いや、俺はそうする必要がないか。

「大丈夫だよ、帝国の皇帝は世襲制じゃないから。次は、他の選帝侯家の子供の誰かが皇帝になるでしょう。皇家はうるさいのがほとんどいなくなってね。どこからか現れた僕の子供が皇家を継げばいいのさ」

エメラが産んだ子供を認知し、そして皇家の跡継ぎにする。

エメラを正式に妻にしないのは、最悪、彼女の暗殺を目論《もくろ》まれるからか？

娘をペーターの妻に押し込み、生まれた子供が皇家の跡取りになるのを期待している貴族たちからすれば、平民出身であるエメラは邪魔だよな。

「籍を入れなければ、エメラは優秀な筆頭魔導師だ。バカ共も手を出しにくい。それに……」

「それに？」

「クソ親父が、婚姻政策に余計な口を出してくる外戚連中を増やしてしまったんだ」

一度ニュルンベルク公爵のクーデターで軟禁されて、ペーターの父親は大幅に力を落とした。

再び皇帝の座に無理やりついた時、彼が頼りにしたのはそういう連中か。

「クソ親父は縁戚たちで与党を組織しようとしたが、逆に力を落としたってわけさ。僕がいなくても、テレーゼ殿の一派に負けていただろうね」

ペーターは父親の死後、今度はテレーゼの兄たちと組もうとしたこういう連中を追い落とし、処罰した。

おかげで皇家では今、ペーターが独裁権を発揮できるわけだ。

元々皇家は、帝国の予算を捻《ひね》り出す官僚組織としての一面がある。

皇家出身で力があるペーターは、皇帝としても力があるというわけだ。

内乱により皇家が組織していた官僚層にもダメージがあったが、ペーターは昔から従えていた商人、平民、貴族の次男坊以下など有能な人材の抜擢《ばってき》や、若手で優秀な者たちを出世させて皇家を活性化させた。

彼はエメラとのみ添い遂げたいという願いを叶《かな》え、皇家の複雑怪奇な縁戚関係をリセットして強固な皇家を作り出すことにも成功したのだ。

私的な欲望と、公的な欲望を同時に達成してしまう。

サラリーマン気質ですぐに周囲に気を使ってしまう俺には、とても真似できなかった。

「そりゃあ、テレーゼは負けるわ」

「彼女は、あのニュルンベルク公爵も認めていた剛腕な大貴族だったけどね。ただ、フィリップ公爵家当主の枠組みの中でしか動けない欠点があった。内乱がなければそれで十分だったんだけど……」

「どちらにしても、俺には真似できないよ」

そこまでして、ペーターはエメラだけを愛するわけか。

皇帝としてはすぎた我儘《わがまま》……その選択に伴うデメリットは、自分の力でなんとかしたわけだ。

こいつは、本当に大した男だ。

「エメラには悪いのだけど……」

「私は気にしていません」

「そこは素直に『ペーターは優しいから好きっ！』とか言ってよ」

「嫌です。恥ずかしいので」

そう言って、少し顔を赤らめるエメラ。

前とは違って、ペーターの言うとおりにデレたな。

「時間は短いけど、プライベートな時間は夫婦そのものだよ。エメラは料理とかも作ってくれるから」

二人は実質、夫婦になったわけか。それはよかった。

「極秘来訪も、新婚旅行を兼ねてだからね。外国ならうるさい連中もいない。口実もあった」

「魔族か……」

「交渉が進まないのは仕方がないね。今までお互いを認知していなかったのだから、交易をしなくてもなにも困らないわけだし」

「それでも、人間には欲がある」

交易で儲《もう》けようとする連中は、貴族や政府に圧力をかけてくる。

逆に、交易で損をしそうな連中もそうだ。

「帝国も、王国と一緒なのさ。魔道具ギルドの横槍《よこやり》が激しくてね。帝国の魔道具ギルドは、魔導ギルドの別部門みたいな存在だけど、逆に組織が一緒だから魔導ギルドも反発している。彼らには内乱で世話になったし、その時の犠牲も多くて組織の再建に奔走しているからさ」

内乱で、帝国の魔法使いたちは大勢討ち死にした。

特にニュルンベルク公爵は、在野の魔法使いも硬軟織り交ぜて勧誘し従軍させていたため、俺たちに殺されて多くの犠牲を出していたのだ。

「魔道具を作れる魔法使いは前線に出なかったからね。相対的に魔道具ギルドの力が上になっちゃったんだよ」

新たな魔法使いの探索と育成には、魔道具ギルドが稼ぐ資金を当てにしないといけない。

魔族と交易が始まって、もし魔道具ギルドが作った魔道具が売れなくなったら。

王国の魔道具ギルドと同じく、死活問題だろうな。

「帝国も王国と同じか」

「ミズホ公爵もだよ。あそこは、今までリンガイア大陸一の技術力を持っていたんだ」

それが、魔族のせいで一番じゃなくなった。

技術力があるから少し高くても売れたミズホ製の魔道具は、この瞬間にとても中途半端な品になってしまったというわけだ。

「そんなわけで、この交渉は長引くよ。交易量の制限、関税の導入までいくのに何年かかるかなぁ？」

そんな物語でもあるまいし、突然一夜で双方が納得する条約締結なんて不可能だ。

日本やアメリカだって、外交、交易交渉を何年、何十年とやっているのだから。

「じゃあ、これで難しい話は終わりだね。ヴェンデリン、どこか遊びに連れていって。バウマイスター辺境伯領の南の海とかがいいな。帝国は寒いからねぇ。南国っていいよね」

「それはいいんだが……」

俺は、思わずエメラを見てしまう。

妊婦に『瞬間移動』はよくないからなぁ……。

となると魔導飛行船になるわけだが、今からだと南の海に到着するのに三日はかかってしまう。

日程は大丈夫なのかと心配してしまったのだ。

「これがあるから大丈夫だよ。エメラ、ヴェンデリンに見せてあげて」

「はい。これです」

そう言ってエメラが懐から取り出したのは、見るからに古代魔法文明時代の遺産を彷彿《ほうふつ》とさせるような魔道具であった。

十字型のアクセサリーに、色とりどりの小さな魔晶石、よくわからない微細な魔法陣や文字がビッシリと書かれている。

「魔道具ですよね？　でも、あまり魔力を感じません」

十字についている魔晶石が小さいため、エリーゼには大した効果がある魔道具に見えないようだ。

一方俺は、なにかを維持するような、ちょっと特殊な魔道具ではないかと思った。

「こいつを持っていると、特定の状態を維持する、といった魔道具かな？　これは使い方を知るのに苦労しただろうな」

「さすがは、ブランタークの殿。帝国では『振動抑制装置』という名で呼ばれている。旧ニュルンベルク公爵領で最近発掘されたんだ。効果は目下『瞬間移動の悪影響から妊婦を守る』だね。昔は、人の移動がもっと活発だったようだね」

妊婦が移動系の魔法陣や『瞬間移動』を使うと、流産や子供の障害のリスクが増す。

この魔道具には、それを防ぐ効果があるようだ。

「便利といえば便利か」

需要はないわけではないだろうが、極端に少ないと思う。

移動系の魔法陣は研究途上のため、『瞬間移動』を使える魔法使いは少ない。

そこへ女性、それも妊婦を移動させる機会となるとほとんどないからだ。

「今回は役に立ったけどね。極秘来訪だから、船を仕立てるわけにいかなかったのさ」

「なるほど。では、陛下の許可を取ってからご案内いたしましょう。明日にでも」

「楽しみだね、エメラ」

「はい」


その日はみんなで一緒に夕食をとり、その間に王都バウマイスター辺境伯邸に詰めている家臣が陛下に許可を貰《もら》いに行ってくれた。

王都の屋敷とは、俺が王都在住時に購入したものである。

バウマイスター男爵の頃に入手した屋敷なので、そろそろ大きな屋敷に買い替える必要がありそうだ。

前世でマンション住まいだった俺に言わせると十分な広さのように思えるのだが、辺境伯がこんな小さなお屋敷では外聞がよくないらしいのだ。

これはすぐに買い替えないといけない……リネンハイムに要相談だな。

「お館様、許可が出ました」

勝手にペーター一行を接待すると、帝国の皇帝とバウマイスター辺境伯の間で密談が……とか言い始める貴族が出るのは間違いない。

その筆頭は確実にプラッテ伯爵であろう。

彼はある意味、バウマイスター辺境伯家にとって最も注意すべき人物であった。

なんといっても俺は、彼の息子を他国のブタ箱に送り込んだ張本人だからな。

「王国側の同行者が必須だそうですが」

「そのくらいなら」

多少人が増えても、『瞬間移動』でどうとでもなる。

誰か王国中枢に近い人の監視があった方が、ペーターも俺も痛くもない腹を探られないで済むというものだ。

「それで誰が来るんだ？」

「それがわからないのです」

王城から戻ってきた家臣は、誰が同行するのか聞けなかったようだ。

申し訳なさそうな表情をしている。

「誰か王族か、暇そうな閣僚あたりであろう」

「導師、今の王国に暇な閣僚なんていませんよ……」

本来、一番暇なはずの外務卿ですら大忙しなのだから。

他の閣僚たちも、もし魔族の国から様々な品が輸入されるようになった場合に蒙《こうむ》るであろうあらゆる影響に対応しないといけない。

いくら戦争がなくても、閣僚というのは忙しい存在なのだ。

「どうせ明日になればわかるのである！」

「それはそうなんですけど……」


そしてペーターたちはそのままバウマイスター辺境伯邸に泊まり、翌朝、その庭から南の海へと『瞬間移動』で飛ぶことになった。

場所は、ヴィルマと海産物を獲《と》ったあの砂浜の近くだ。

連れていけるだけ連れていって、みんなで海で泳いだり、釣りや簡単な漁をしたり、バーベキューなどをする予定になっている。

王城から監視に来る予定の人たちを待っていると、時間より少し前にその人物が姿を現した。

「えっ？　王太子殿下？」

「バウマイスター辺境伯、陞爵おめでとう。私も色々と忙しい身なのだが、今日はアーカート神聖帝国の皇帝陛下も参加する重要な席でもある。私が直接出席した方がいいということになってね」

ペーターの格を考えて、陛下は無理だが、王太子殿下なら申し分ないというわけだ。

「（バウマイスター辺境伯、殿下はとても楽しみにしていたようである）」

導師が小声で教えてくれたが、なにしろ目立たない殿下のことだ。

王城内にいなくても問題ないという理由で選ばれたんじゃ……公務での参加だし。

それなのに、誰が見てもわかるほど嬉しそうな顔をしていた。

それほど喜んでもらえるのなら光栄だが、それを指摘してしまうと問題がありそうな……。

さすがのペーターも、不思議そうな顔をしていた。もしかすると、自分の意表をついたのでは？とか思ってそうだな。

「殿下、お忙しいなか本日はありがとうございます」

「気にするな。私とバウマイスター辺境伯は、これから親戚同士になるのだから」

殿下の息子には俺の娘アンナが嫁ぐし、フリードリヒには殿下の娘が嫁ぐ。

二重の婚姻で、俺と殿下は深い繋《つな》がりとなるわけだ。

「ヴェンデリン、君も段々と苦労が増えていくね。でも、僕とヴェンデリンはそういう血縁のみの関係よりも深い、同じ戦場で苦労した戦友であり親友同士だものね。プライベートな時間では、身分なんて関係ないさ」

おい、ペーター……いきなり殿下を挑発するなよ。

殿下の顔色が一瞬で変わったぞ。

「ペーター殿、私にとってもヴェンデリンは大切な友人であるのだよ」

いきなり殿下からそう言われたが、友人なのか？

そこまで一緒に遊んだりしたこともないし、知人よりは濃い関係か？

将来は親戚になるのだし……そういうことにしておこう。

俺は、空気を読む元日本人なのだから。

「僕にとってもそうさ。ヴェンデリンが帝国貴族だったらと思うよ。気軽に遊べる機会も増えるしね」

「それは残念でしたね。私はこれから子供たちのこともあります。親が決めた許嫁《いいなずけ》ではありますが、なるべく交友を深めてから結婚させたい。もう少し大きくなったら、定期的に一緒に遊ばせようと思います」

これはいわゆる、『パパ友』というやつか？

ママ友なら、前世でよく聞いたけどな。

それにしても、殿下は子供たちを定期的に会わせようと計画していたのか。

あとでローデリヒに相談しないと。

俺たちが王城に出向く時はいいが、逆の時には警備の問題もある。

「ヴェンデリン、こういう席では私のこともヴァルドと呼んでくれて構わない。なにしろ、我らは友人同士なのだからね」

ペーターとヴァルド殿下、二人とも笑顔であったが視線で火花を散らしていた。

「(バウマイスター辺境伯、人気であるな)」

「(そんな他人事《ひとごと》みたいに……)」

「(他人事なのは事実である！)」

「(言い切った！)」

導師が俺を小声でからかってくる。

どっちが俺の真の親友かと、くだらない争いを水面下で始める二人。

自慢じゃないが、十二歳まで友達がゼロでボッチだった俺を取り合って楽しいのであろうか？

「私が王に即位した暁には、ヴェンデリンが王宮筆頭魔導師として私を支えてくれる予定だ。父も

アームストロング導師と親友同士だからね。親子で似るものだね」

「僕とヴェンデリンは、所属する国とか、身分とか、仕事とか関係なく親友同士だからね。僕みたいな身分だと、そういう友人は貴重なのさ」

「私もそうだよ、ペーター殿」

「僕もそうさ、ヴァルド殿下」

二人はますます火花を散らし、俺は今日これからどうなるのか、大きな不安を抱いてしまうのであった。

というか、俺なんて取り合う価値あるのか？

＊　＊　＊

「ペーター殿、バウマイスター辺境伯とは帝国内乱の際に共に戦った戦友だそうだが、彼は渡さない。彼は私の親戚となり、親友にもなるのだ」

ヘルムート王国王太子にして、次期国王であるこの私ヴァルドは、どういうわけか生まれた時から存在感が薄かった。

それでも父は、私が次の王に相応《ふさわ》しい能力があると認めてくれている。

同腹の弟も同じで、彼は後継者争いを避けるため、すでにメッテルニヒ公爵家に婿入りしていた。

彼は次のメッテルニヒ公爵として、私を支えてくれるそうだ。

妻も美しく気立てのいい女性だし、可愛《かわい》い息子と娘にも恵まれた。

幸せなはずなのに、私はある事実に気がついてしまった。

私には友達がいないのだ。

私は王太子なので、知人は沢山いる。

目立たないとはいえ、どこかに出かけるのにお供くらいはつく。

では、彼らが私の友達かと言われればそうではない。

父にはアームストロング導師がいるが、私にはそういう存在がいないのだ。

ならば、私は友達を探そうと決意した。

王とは孤独であり、だからこそ、身分を超えた親友を見つけなければならないのだ。

その最大の候補はバウマイスター辺境伯であり、理由は私と同じような匂いがするから。

だが、彼には親友や友と呼べる仲間や家臣がいてとても羨《うらや》ましかった。

さらに各地に放った密偵により、バウマイスター辺境伯は帝国内乱で新皇帝となったペーター殿と友好を深めたらしいという情報が入ってくる。

彼は魔族との交易交渉絡みで極秘来訪していたが、私は聞いてしまった。

『せっかく王国に来たのだから、ヴェンデリンとどこか遊びにでも行こうかな？』

『陛下、バウマイスター辺境伯様はなかなかにお忙しいそうですが』

『大丈夫だよ。ヴェンデリンは友達だから、一日くらいなら融通してくれるって』

彼と御付きの家臣の話に、私は大きく動揺した。

駄目だ！

彼は私の親友になるのだ！

だってそうだろう？

これから私の娘は彼の息子に嫁ぐし、私の息子の嫁は彼の娘なのだから。

私たちには、すでに深い結びつきがあるのだ。

他国の皇帝だかなんだか知らないが、この私ヴァルドこそがバウマイスター辺境伯の真の親友なのだから。

そもそも、なぜ彼を名前で気安く呼ぶのだ？

その資格があるのは私だけのはずなのに！

こうなったら、私も参戦するしかあるまい。

これはペーター殿がバウマイスター辺境伯の親友かどうかは関係のない問題だ。

いくらプライベートでも帝国の皇帝と我が国の偉大な魔法使いにして辺境伯が仲良くしていたら、あらぬ言いがかりをつける貴族が出てくるかもしれない、つまりはそういう危惧なのだ。

親友たる私は、彼が疑われるのを防がなければいけないのだ。

私も参加していれば、そういう噂も出ないからな。

というわけで、私は父に断って今日の行楽に参加している。

今日は楽しい一日になるであろう。

なにしろ、私はバウマイスター辺境伯とは親友同士なのだからな。

＊　＊　＊

「なに？　ヴェルを巡って男同士で取り合い？　イーナちゃんが好きそうな展開……」

「ルイーゼ、そういう周囲に誤解を招く言い方はやめてくれないかな」

「ボク、間違ったことは言っていないよ」

「確かに、表面的な事実のみを見れば間違っていないけどさぁ……」


今日はペーターたちに加えヴァルド殿下とその御付きの人たちも参加して、バウマイスター辺境伯領南端にあるプライベートビーチにおいて海水浴が行われることになった。

俺が『瞬間移動』で運び、多くの人たちが参加している。

屋敷からエリーゼたちも呼び寄せ、ドミニク以下メイドたちは、前と同じくバーベキューを含めた飲食物の用意をしている。

水着はバウマイスター辺境伯家以外の人たちがいるので生地が多いものであったが、みんな南国の海を楽しんでいた。

ペーターとヴァルド殿下は変に張り合っており、ルイーゼが理由を聞いてきたので説明したら、そういう風に言われてしまったのだ。

「そう思われても仕方ないよね」

「あのなぁ……俺にそういう趣味はないからな」

そんな噂が立つだけでも双方致命傷なので、それはやめてほしかった。

「なんてね。冗談冗談。でも、ヴァルド殿下は凄いね。ヴェルも友達少ない方だけど、それを上回るんじゃないかな？」

「それも危険な発言だな」

俺とルイーゼが話をしている最中にも、ペーターは昔ながらの生地が多い水着を着て、導師が教えたバタフライで泳いでいた。

その導師だが、彼だけは人目も気にせず黒のブーメランパンツをはいている。

ヴァルド殿下の御付きの家臣たちがそんな彼を見てギョッ！としていたが、肝心の導師自身はまったく気にしている様子はない。

それをあげた俺が言うのもなんなのだが、相変わらずの唯我独尊ぶりであった。

「導師、すげえ水着だな」

「泳ぎやすいのである！」

「水の抵抗はなさそうだな」

これまで導師のブーメランパンツ姿を見たことがなかったブランタークさんが驚いていた。

前まではエリーゼたちも際どい水着姿だったが、今回は他人の目があるので、彼女たちも生地が多い水着を着ていた。

「お――――い、ヴェル。助けてくれぇ……」

「どうかしたか？」

海水浴に護衛として参加したエルは、ルルと藤子の遊び相手にされ砂に埋められていた。

砂山から顔だけ出している状態で、体に次々と大量の砂をかけられている。

「エルは子供を遊ばせるのが上手だよな」

「そうかな？」

「それは違うよ、ヴェル。同じレベルで遊んでいるだけだから」

「こらぁ！　失礼だぞ！　ルイーゼ！」

ルイーゼからルルや藤子と精神年齢が同じだと言われ、エルは一人怒っていた。

「護衛の仕事があるんだけどなぁ……」

「大丈夫だろう」

バウマイスター辺境伯家が出している護衛は他にいるし、ペーターはマルクやエメラなどの少数精鋭で、ヴァルド殿下にも護衛はいたので、エルがルルや藤子に遊ばれていても問題ないであろう。

「というわけなので、エルは埋められていても問題ないぞ」

「問題はあるだろう……」

「ヴェンデリン様、もっといっぱい砂を盛りますね」

「ようし俺も手伝うぞ。エルを埋《うず》めてしまおう」

ルルも藤子も、砂浜での砂遊びを楽しんでいた。

大人びてはいても、やはり普段は年相応の子供なのだ。

「私も泳ごうかな？」

「なりませぬ！　王太子殿下に万が一のことがあったら、陛下に申し訳が立ちませんから！」

「なんか色々と大変そうだね。僕は普通に泳ぐけど」

ペーターは、導師から教わったバタフライで南国の海を思う存分泳いでいたが、ヴァルド殿下は御付きの老臣に泳ぐのを止められていた。

もし殿下が溺れでもしたら、彼らの責任問題になってしまうからであろう。

「ペーター殿は泳いでいるぞ」

「殿下、余所《よそ》は余所、うちはうちなのです」

ヴァルド殿下についている老臣は、うちの母親（前世）みたいなことを言うな。

子供の頃、同級生が夏休みに海外旅行へ行くというので俺も行きたいと言ったら、同じようなことを言われてしまったのを思い出した。

彼らからすれば、もし殿下になにかあれば貴族として終わってしまうだろうけど、ペーターが溺れ死んだとしても、自分にはなんの責任もないと思っているのであろうが。

「融通が利かないなぁ……」

「殿下も大変ですね」

「ヴェンデリン、私のことはヴァルドと呼んでくれ」

「あの……。それも難しいかと……」

御付きの家臣たちの手前、下手にヴァルド殿下を呼び捨てにして不敬だと思われたら堪《たま》らない。

バウマイスター辺境伯としての、貴族たちからの評価ってのもあるのだから。

「ペーター殿のことは名前で呼んでいるじゃないか」

「それは、帝国で一番偉い人がそれでいいと言っていますし、御付きの連中もみんな顔見知りなんですよねぇ……」

内乱時に知り合った連中ばかりだから、彼らは俺がプライベートな時間にペーターを呼び捨てにしても問題視しないのだ。

ついでに言うと、彼らはみんなペーターが好き勝手活動していた頃からの仲間や家臣だったりする。

ペーターが海で泳いでいても、誰も気にしないのだ。

溺れたら自分が助けに行けばいい。

その前に、泳ぎが上手な彼が溺れる可能性はほぼないと思っている。

お互いをよく知る友人同士でもあるのだ。

「ううっ……。せっかくヴェンデリンと海に来たのに……。砂を盛っておこう」

景色を見るだけでなにもすることがないヴァルド殿下は、エルを埋めた砂山をさらに大きくする作業に参加し始める。

それになんの意味があるのかと思わなくもないが、そういえば俺も前世で一人の時とかに、ただ黙々とプチプチを潰《つぶ》したりしていた。

それと同じなのであろう。

「殿下、楽しいですね」

「そうだな」

ルルと藤子もそれにつられ、砂山はさらに大きくなっていく。

「お――――い、フジコ。そろそろ俺を出してくれ」

「殿下のご要望だ。我慢しろ」

エルは余計に抜け出せなくなった。

「殿下って、一人遊びがよく似合うね」

「ルイーゼ、しぃ―――――!」

その姿に少し哀愁を感じてしまう。

俺は王太子殿下じゃなくてよかった。


「ヴァルド殿下、そろそろお食事の時間です」

暫《しばら》くみんなで泳いだり砂遊びなどをしていたが、ドミニクたちによる食事の準備が完了したようだ。

「野外で、大胆に魚介類を焼いて食べるのもいいね」

「昔、狩猟の成果をみんなで焼いて食べたのを思い出します」

ペーターたちは俺たちと一緒に、ドミニクたちが用意したバーベキューに舌鼓を打ち、魔の森産の果物を用いたトロピカルジュースやお菓子なども堪能する。

御付きの連中も、昔はペーターと狩りをしてお小遣いを稼いでいたような者たちだ。

網の上で焼ける魚介類に抵抗もなく、美味《おい》しそうに食べていた。

「美味しそうな料理ではないか」

「殿下はいけません」

「せっかくこういう場所に来たのに、こういうものを食べないでどうするのだ?」

「ご安心ください。バウマイスター辺境伯殿から食材と調理人の提供を受けまして、殿下に相応しいコース料理を作らせました」

「アームストロング導師は、普通に食べているぞ」

「導師様は大丈夫です」

普通どころか誰よりも沢山食べているが、導師はなにを食べてもお腹は壊さないようなイメージがある。

御付きの老臣としては、導師がお腹を壊しても責任があるわけじゃないからな。

どうせ注意しても無駄だろうし、止める権限もないから放置しているのであろう。

「殿下はなりません」

ヴァルド殿下についている老臣が、衛生面や、第三者により毒物が混入されない保証はないという理由でバーベキューは駄目だと言い、俺が用意した調理人にコースメニューを作らせていた。

ヴァルド殿下だけ、数名の御付きと共にテーブルの上に準備されたコース料理を食べる羽目になった。

材料もいいから美味しそうではあるのだが、ヴァルド殿下はとても不満そうだった。

確かに、海にレジャーに来て自分だけ高級レストラン風の料理を食べさせられてもな。

こういう時は、バーベキューの方が美味しいであろう。

でも、俺にはなにも言えないんだよなぁ……。

「ペーター殿は、普通に網で焼いた魚介を食べているが……」

「余所は余所、うちはうちでございます。殿下は常に健康でなければならず、どのような危険もあってはならないのです」

「……」

ヴァルド殿下は諦めてコース料理を食べ始めるが、俺はなぜ彼に友人がいないのかが、なんとなくわかってしまった。

似たような立場のペーターだが、こいつは元々三男で皇帝になれるような立場の人間じゃなかった。

傍にいる連中も似たような立場の者たちばかりだし、うるさそうなことを言いそうな連中は内乱で消し飛んでいる。

自己責任でもあるが、ペーターは比較的自由に行動できたのだ。

「この大きなエビや貝は美味しいね」

「生きている間に焼かないと駄目だけどな。もしくは締めてすぐに魔法の袋に入れたものをだ」

「いいものを食べさせてもらったよ。エメラには栄養が必要だからね」

「妊婦さんを『瞬間移動』で運べる魔道具があってよかったな」

「運よく効果が判明してよかったよ。エメラに綺麗な海を見せることができたから」

昔は知らないが、今だと『瞬間移動』が使える人間が極端に少ない。

しかも妊婦が流産しないようにするという、非常に限定された効果しかないのだ。

「発掘品の効果が、短時間でよくわかったな」

古代の魔道具は定期的に出土するのだが、そう都合よく説明書と一緒に出土するわけでもない。

現代でもある古代の魔道具の発展形や、過去に出土して使い道がわかっているものならいいが、たまになにに使うのか判明するまで長い時間がかかるものもあった。

振動抑制装置は、特にわかりにくいと思うのだ。

「帝国の魔道具ギルドもなかなか優秀ではあるんだよ。僕は魔法が使えないからよくわからないんだけど。装置が作動した時の魔力の流れを測定するとか、他にも色々と調査方法があるみたい」

無事に振動抑制装置の使い方がわかり、エメラは海水浴に来ることができたわけだ。

「まだ産まれるまで時間がかかるのかな？」

「そうですね。半年以上は先です」

「楽しみね。男の子かしら？　女の子かしら？」

「無事に産まれてくれればどちらでも嬉しいです」

女性陣は女性陣で、楽しそうに話をしながら食事をしている。

話題の中心は妊娠したエメラであった。

ルイーゼとイーナが、エメラのお腹を撫《な》でている。

「ルルも、将来はヴェンデリン様の子供を産みたいです」

「俺も早く大きくなりたいものだな」

ルルと藤子もエメラのお腹を触りながら、自分たちも早く俺の子供を産みたいと言っていた。

現代基準ではもの凄いことを言う幼女二人だが、ここには貴族や王族しかいない。

俺以外、誰もその発言をおかしいと思っていないのだ。

「うう……ルルちゃんとフジコちゃんの前に、先生の弟子である私たちが先です！」

「アグネス、もう成人したからね」

「私も来年成人で、シンディちゃんは再来年成人。夢の新婚生活だね」

「……」

今の時点でも嫁の数が完全にオーバーフローなわけだが、それを理由に断れる状況ではないようだ。

「ヴェンデリンも大変だね。僕はエメラ一人で精一杯だよ」

「お前は皇帝なんだから、後宮を作れよ」

「皇帝の後宮？　それはあくまでもイメージだけだね。物語の世界だよ」

帝国の皇帝は投票で決まる。

その子供が次の皇帝になる可能性は限りなく少ないので、妻の数は普通の大物貴族と同じであった。

在位中は後宮と呼んでいるが、それはあくまでも外部に対する見栄でそう呼んでいるだけだそうだ。

子供が皇帝位を継がないのに豪華な後宮があると、退位後の後始末で苦労してしまう。

そのため帝国では、正式な後宮というものは存在しないらしい。

「内乱がなければうるさく言う連中もいただろうね。あっ、内乱がなかったら僕に出番はなかったか」

それでも正妻を含む複数の妻を娶るのが常識であったが、ペーターはあくまでも例外を貫くというわけだ。

「そういえば、ヴァルド殿下はどうなの？」

「どうって？」

「奥さんとか。さすがに一人ってことはないでしょう？」

「……」

そういえば俺って、ヴァルド殿下のことをよく知らないんだよなぁ……。

知っていることといったら、奥さんと息子と娘がいるということくらい。

王太子殿下だから側室はいるはずだよな？

噂でも聞いたことがないけど、どうなんだろう？

元現代人としては、ちょっと聞きにくい話題なんだよなぁ……。

「……これから色々とわかるんだよ」

「これから親戚同士になるってのに、君たちはなんか微妙だよねぇ……」

「そんなことはないぞ！　私とヴェンデリンは深い友情と絆で結ばれているのだ！」

いや、殿下。

そんな周囲によく聞こえるほど大きな声で言われても……。

なんかこう、殿下がもの凄く積極的だと、元日本人である俺は逆に引いてしまうというか……。

今までのつき合いを考えると、そこまで絆は深くないかなと……。

「そうなんだ……」

なんだかんだ言ってペーターは友人が多い方なので、どうもヴァルド殿下のあまりの必死ぶりに俺と同じく引いてしまったようだ。

「そういえばさ、アルフォンスなんだけど」

「あいつ、忙しいのか？」

「テレーゼ殿と比べれば力のない当主だからね。フィリップ公爵家を纏《まと》めるのに苦労しているみたい。今日も誘ったんだけどねぇ……」

アルフォンスは優秀な男だが、元は分家の当主だ。

テレーゼの兄たちが消えたにしても、フィリップ公爵家の掌握で苦労しているようだ。

元々当主になんてなりたくなかった奴だけど、思ったよりも責任感がある男なんだよな。

「じゃあ、今度フィリップ公爵領に一緒に行こうか？　こっちのお土産もいっぱい持って」

「いいねぇ。アルフォンスは僕を支持してくれる貴重な友人だからね。同じく友人であるヴェンデリンと会えたら嬉しいと思うよ」

奴と俺とは、同じ嗜好《しこう》を持つ心の友だからな。

今もストレス発散のため、奥さんたちを裸エプロンにして楽しんでいるのであろうか。

「私も行こう！」

「あの……ヴァルド殿下は難しいかと……」

そう簡単に、王太子殿下を外国に連れてはいけない。

俺は王族じゃないし、すぐに魔法で逃げられる身軽な存在だから自由に他国にも行けるのだ。

「そうか……。残念だな。でも、次は子供たちを遊ばせたいな！」


その日は、夕方までみんなで存分に南の海を楽しんだ。

ただ一つだけ、ヴァルド殿下はどうしてあんなに必死なのであろうか？

「いやぁ、ルイーゼの言うとおりだな。ヴァルド殿下は、ヴェルよりも酷《ひど》いわ」

「俺、結構友人が増えたよ」

ここは大切なところだから強調しておこう！

「だから、ヴェルよりも酷いと言っている」

エルは、ヴァルド殿下から十二歳頃の俺と同じ雰囲気を感じたようだ。

俺と同じ雰囲気……ヴァルド殿下は立場の問題もあると思うが、俺と同じくボッチ体質なんだろうなと、俺は思ったのであった。

＊　＊　＊

「今日は会心の出来だったな」

「会心でございますか？　殿下」

「そうだ。これより親戚同士となり、私が王になった際に王宮筆頭魔導師となるヴェンデリンと、今日は友情を育むことができたのだから」

「……それはようございましたな」

アーカート神聖帝国のミズホには、『千里の道も一歩から』という言葉があるそうだ。

これからもヴェンデリンと顔を合わせ、共に遊び、親交の機会を増やしていけば……ペーター殿に負けはせぬ！

そして世間は知るであろう。

私の一番の親友が、バウマイスター辺境伯であるヴェンデリンであることを！

第二話　俺は、カニにはうるさい

「やあ、ヴェンデリン。久しぶりじゃないか」

「ペーターが言うほど、やつれていないかな？」

「中央で陛下の補佐を行いつつ、フィリップ公爵領でも統治があるからね。激務だからこそ、睡眠と食事はちゃんととっているよ。他にはなにもできないけど。今日はよく来てくれたね」

「ああ、北の魚介類を仕入れに来たのさ」

「仕入れに導師は必要なのかい？」

「必要なのである！　自分の食べる分は自分で見繕うのである！」


ペーターとプライベートで遊んでから一週間後、俺たちはたまたま時間が合った現フィリップ公爵であるアルフォンスに会いに行った。

彼は元気そうであるが、休みがないのが大いに不満らしい。

「のう、大変であろう？」

「テレーゼ、君はもの凄《すご》く元気そうだね」

「当たり前であろう。面倒な仕事がなく、たまにヴェンデリンに助言するだけなのだから。それでもヴェンデリンは、妾《わらわ》を大切にしてくれるぞ」

「あ――――あ、凄いノロケを聞いたね」

「実際問題、俺は大貴族の経験がないからな。経験者であるテレーゼの助言は貴重だ」

今回のフィリップ公爵領行きには、久しぶりにテレーゼもついてきた。

ただ、フィリップ公爵領内でその顔を見せるのはまずいので、フードを被《かぶ》り、髪型をカチヤにツインテールにしてもらったりして変装している。

「テレーゼ、なんか変だ」

「アルフォンスならそう言うと思ったわ。バレるやもしれぬが、しないよりはマシであろう？」

「テレーゼがその髪型にすること自体があり得ないから、みんな気がつかないと思うよ」

「それは褒められておるのか？　けなされておるのか？」

「そういう問題じゃないと思うな」

他人にバレるバレない以前に、テレーゼのツインテール姿は……意外すぎるというか、普段の彼女のイメージにそぐわないような……。

カチヤになぜツインテールなのかと尋ねると、『まさかテレーゼがこの髪型をするはずがない』という、意外性を狙ったのだと言う。

人目がなくなりフードを取ると、似合わなくもないのだけど……。

「カチヤ、もう少し違う髪型はなかったのか？　慣れないからかどうも落ち着かぬ」

「帰れば元の髪型に戻すからいいじゃないか。あたいなんて、物心つく頃からこの髪型だぜ」

「そなたは似合うし、慣れ親しんでおるからいいのじゃ」

カチヤは、静かにしているとお人形さんのように綺麗《きれい》だからな。

ツインテールでもよく似合う。

この前、カチヤとつき合いのある古参冒険者と少し話をしたんだが、初見の若い冒険者でカチヤに惚《ほ》れる者は多いそうだ。

ただ、すぐにあの口調が出るし、男性冒険者でも彼女に勝てる者は少ない。

男性とはプライドが高い生き物だから、自分よりも力量が高い女性冒険者を恋愛対象に見ない。

近寄るのは寄生、ヒモ目的の男性冒険者ばかりであり、そういう奴はカチヤが厳しく排除してしまう。

彼女に男っ気がなかったのは、そんな理由からであった。

「三つ編みにしても似合いそう」

「旦那、この前エリーゼが面白がって編んでくれたけど、あんな面倒な髪型、維持したくねえよ！ 毎日髪を洗う度に編み直さなきゃいけないじゃないか」

そういえば、カチヤも俺と同じくお洒落《しゃれ》に手間をかけたくない人間だった。

綺麗好きではあるので風呂には毎日入りたがったが、毎朝髪を編むのは嫌なようだ。

「カタリーナとか、よく毎日あんなに髪のセットに時間をかけていられるよな。あたいには無理だ」

カタリーナに関しては、癖毛が酷《ひど》くて毎朝髪が爆発しているのと、彼女はあの手間のかかる縦ロールこそが、真の貴族女性がするに相応《ふさわ》しい髪型だと思っているからだ。

「真の貴族ねぇ……王都に行くとあういう髪型の貴族令嬢はそこそこいるよな。帝国だとあまり見なかったけど」

そういえば、帝国貴族で縦ロールにしている女性は少なかった。

内乱中だったからかな？

「ああいう髪型には流行があっての。帝国でも、三十年くらい前までは流行しておったぞ」

「貴族の髪型に流行なんてあるんだ」

決まっている中から適当に選ぶのだと思っていた。

貴族って、家の決まりとかにうるさそうだし。

「カタリーナを見ればわかるとおり、毎日整えるのが面倒なので、段々とする者がいなくなっての。貴族は目立つのが好きじゃから、面倒でもそういう髪型に拘《こだわ》る者もいるにはいるがの」

テレーゼによると、今は髪型に拘るよりも髪自体の綺麗さを誇るのが帝国貴族女性の流行らしい。

「貴族の女性は見栄っ張りが多いからの。髪を洗う洗髪剤や、洗った髪のパサつきを抑える整髪料などに拘るわけじゃ。色々な高級素材を用いている高価な品を買い求める。毎日使う消耗品なので大金を使うわけじゃ」

そして、その高級素材は魔物の領域でしか採れないものもある。

強い魔物の血液や油脂、珍しいところでは内臓といった素材もあり、我々冒険者が採取して儲《もう》けるわけだ。

俺の場合、奥さんたちのためにお店に直接素材を渡して作ってもらったりしているけど。

「ヴェンデリンのくれる洗髪剤と整髪料はいい品じゃの。妾の髪も光沢が出てきたわ」

「あたいもそうだな。昔は髪を洗って乾かすだけだったから余計に」

「カチヤ、そなたはもう少し身形《みなり》に気を使った方がいいぞ」

「今は気を使っているって」

そこは、バウマイスター辺境伯の妻だからな。

屋敷にはメイドたちがいるから、本人はなにもしなくても時と場所に合わせて身形を整えてくれる。

だから、今もカチヤ自身はほぼなにもしていないわけだが、特に問題はあるまい。

「奥さんに魔の森で採れた高級素材を原料にした洗髪剤ねぇ……効き目ありそうだね」

「アルフォンス、妾が分けてやろうか？」

「くれるの？　なら欲しい」

「そうか……お前も苦労しておるのじゃな」

テレーゼが妙に優しいと思ったら……。

そうか、アルフォンスの奴、仕事が忙しいからついに……。

「あのさ、テレーゼもヴェンデリンも、私の髪が怪しいとか思っていないかな？　抜け毛じゃなくて白髪がちょっと増えたから、今のうちにケアしておこうと思っただけだからね！」

アルフォンスは、自分は二十代だからまだハゲていないと断言した。

そこはとても大切な事実のようだ。

「そうじゃな。アルフォンスは疲れているからの。洗髪剤と整髪料は送るから」

「テレーゼ、言っておくけど私は抜け毛に悩んだりしていないからな！」

「……」

「ヴェンデリン！　私は付け毛とかはしていないからな！」

まだ若いしそれはないと思うのだが、アルフォンスが殊更《ことさら》強く言うものだから、ちょっと疑わしいと思ってしまったのだ。

バレにくい、魔道具のカテゴリーに入るカツラや付け毛もあると聞くから、念のため『探知』で探ってみたけど、反応はなかったな。

もし普通のカツラや付け毛なら、俺にはわからない。

「ちょっと白髪が出ただけだから。ところで、今日は北の港が目的地だとか？」

ここで髪以外の話題に切り替えるべく、アルフォンスは俺たちがここに来た目的を尋ねた。

「おうよ。ヴェンデリンが北の海の幸が欲しいそうじゃ」

「ヴェンデリン、私との再会と海の幸。どちらが重要なのかな？」

「難しい質問だな、アルフォンス」

「そこは嘘《うそ》でもいいから、私だと言っておいてくれ」


今日はアルフォンスも久々に時間があるそうで、北の港にある漁港まで同行してくれることになった。

彼は護衛を連れ、俺と同じく海の幸が欲しい導師、密《ひそ》かに帰郷したテレーゼ、護衛のカチヤ、あとは……。

「北って寒いのね。でも、生まれて初めての外国だから楽しみ」

今日は予定が空いている人が少なく、その中でこのところフリードリヒたちの世話に忙しかったアマーリエ義姉《ねえ》さんを連れてきた。

彼女は内乱に参加していないので、今日が初めての海外旅行である。

以上のメンバーで、比較的少人数での移動となっていた。

「でも、この毛皮温かいわね。ヴェル君、こんなに高い品をありがとう」

「そんなに高くないですよ」

魔の森で俺が狩った魔物の毛皮を、キャンディーさんが加工してくれたからだ。

それも、素材を二着分渡して一着だけ納品してくれればいいと彼女――みんなキャンディーさんを女性扱いするようになっていた。導師は特にそうだ――に言ったので、実は加工賃さえ無料だったりする。

「でも、シルバーエイプスの毛皮は貴重だって聞くわよ」

「まあいいじゃないですか」

シルバーエイプスとは、銀色の毛を持つゴリラに似た大型の魔物であった。

黒いゴリラのアルビノ種であり、滅多に姿を見せないので貴重なものだ。

この魔物の毛皮はコートなどの加工に適していると、大昔の書籍『図解魔物・産物大全』に書かれていたので、試しにその加工をキャンディーさんに依頼、試作品をアマーリエ義姉さんにプレゼントしたわけだ。

「いつもフリードリヒたちの面倒を見てもらってますし。俺たちからのプレゼントですよ」

特にアキツシマ島《トウ》を統一してた時はエリーゼたちも忙しかったから、子供たちの面倒はアマーリエ義姉さんに任せっきりだった。

だから、毛皮のコートはエリーゼたちからのプレゼントでもあったのだ。

「ありがとう」

「そのうち、妾にもプレゼントしてくれよ」

そんな話をしているうちに、漁港内にある市場に到着した。

早速見学をすると、中では今朝獲《と》れた魚のセリが行われている。

独特な符号でセリを行っており、俺たちにはいくらでセリ落とされたのかよくわからなかった。

「マグロがあるな」

「貴族の旦那ぁ。マグロはみんなミズホの仲卸がセリ落としてしまいましたぜ」

漁港の石の床には数十匹のクロマグロが置かれていたが、すべてミズホ人がセリ落としてしまったそうだ。

ミズホ人も、日本人と同じくマグロが大好きというわけだ。

「ミズホ人は魚が好きだよね。私も好きだけどね」

アルフォンスは、セリ落とされたマグロを未練がましく見つめていた。

「他のものを購入して屋敷で調理すればいい」

「そうだね。他にも色々とあるからね」

北の海にいる魚介類は、不思議と日本のそれと大差がなかった。

タイ、ブリ、ヒラメ、シマアジ、ホタテ、カキ……色々とあるので、次々に購入する。

「少し買いすぎじゃないかしら？」

「余っても、魔法の袋に入れておけば大丈夫ですから」

「そうやって無駄に魔法の袋に死蔵するのもどうかと思うわよ」

「気をつけます」

「ヴェンデリンも、アマーリエには弱いのぉ……」

実は俺にも異母姉がいたが、ほとんど接触がないので、アマーリエ義姉さんの方が本当の姉っぽかった。

たまに注意されると、心から反省してしまうのだ。

「ヴェンデリンは、年上の女性に弱いみたいだね」

「アルフォンスはどうなんだ？」

「私も乳母だった人に弱くてね。今も、お野菜をちゃんと食べなさいとか、二人きりの時に言われるね。お母さんみたいなものだな」

男性とは、いくつになっても女性に叱《しか》られる生き物というわけだ。

「でも、なんか全体的に漁獲量が少ないな」

「そういえばそうじゃの」

テレーゼも俺の考えに同意した。

元々フィリップ公爵として漁業の産業化に取り組んでいたので、全体的に漁港に活気がないのに気がついたようだ。

「そうかな？」

「アルフォンス、本当は口を出したくないのじゃが、以前の半分程度の漁獲量しかないように見えるぞ。なにか問題があるとすれば、すぐに対処せねば漁民たちが飢えてしまう」

忙しいのはわかるが、ちゃんと領内のことを把握しておけと、テレーゼはアルフォンスに釘《くぎ》を刺した。

フィリップ公爵領の漁業は成長を続け、昔は半分以上の労働者がミズホ人であったが、今ではラン族をはじめとするフィリップ公爵領の領民たちも多く就業するようになっていた。

このまま漁獲量が減り続ければ、彼らは失業してしまうかもしれない。

食べられない領民たちが増えれば、領地は不安定になってしまう。

それに気がつかないアルフォンスに、テレーゼが忠告する。

はた目には、フードを被った謎の女性が領主に小言を言っている、なんとも奇妙な光景に映るだろうが、まさかその正体が前領主とは誰も思うまい。

「アルフォンスも、普段なら気がつくのであろうがの」

ペーターも忙しいが、アルフォンスも忙しい。

フィリップ公爵領の統治のみならず、ペーターの手助けもしないといけないからだ。

なかなか領地の視察も行えない状態なのであろう。

「これは忠告痛み入る、だね」

「余計な口を出してすまぬの」

「なにか言われているうちが花さ」

アルフォンスは、テレーゼの忠告を素直に受け入れた。

その度量の広さは、彼が領主に向いている証拠でもあろう。

大半の領主は、前領主の忠言なんて聞きたくないだろうし、聞く耳を持たない者も多かった。

「どうして漁獲量が減っているんだい？」

早速アルフォンスは、その辺にいた年配の漁師に事の次第を尋ねた。

「漁獲量確保のための、禁漁、制限期間ではないよね？」

「はい。実は、北方の海域に、奇妙な巨大生物が出たのです」

「巨大生物？」

「はい。もの凄く大きなカニなのです！」

北の海に魔物の領域がないとは言えないが、普段漁をしているエリアに巨大なカニが出現したということは、サーペント（海竜）と同じく野生動物ということなのであろうか？

いや、でもカニってエイリアンみたいにも見えるから、魔物のカテゴリーに入るのか？

「そんなに大きなカニなのか？」

常識で考えれば、いくらカニが大きくてもたかが知れている。

アルフォンスは、漁を躊躇《ためら》うようなそんな大きさのカニが本当に実在するのか疑問に思っているようだ。

「どのくらいの大きさなんだ？」

「へい、高さは二十メートルを超えているかと。動きは遅いですが、あんな巨大なハサミで船を攻撃されたらひとたまりもありません。実際、漁船が一隻沈められました」

すぐに他の船が海に投げ出された漁師たちを救助したので犠牲者は出ていないが、おかげで狭い海域でしか漁ができなくなってしまった。このままだと漁師を減らさないといけないと、年配の漁師が語る。

「カニかぁ」

「美味《うま》そうである！」

「確かに……」

俺と導師は漁師たちが可哀想《かわいそう》だと思うよりも先に、巨大なカニの方に興味津々であった。

基本的にカニは高級品なので、なんとか倒して試食できないかなと思ったのだ。

「どんなカニだった？」

「へえ……。全身が短い棘《とげ》状の突起で覆われておりまして……。脚は八本しかありません。色は紫色に近いかな？」

年配の漁師からカニの化け物の特徴を聞くが、俺はすぐに、ある種類のカニに似ていると思ってしまった。

「(タラバガニか？)」

「カニって、脚が十本なかったっけ？」

北方でも当然カニは生息しており、食用となっている種もある。

フィリップ公爵家にも献上されることが多く、アルフォンスはカニの脚が十本だと知っていた。

だが、もしこの巨大なカニがタラバガニの近種ならば、これはヤドカリの仲間で正確にはカニではないので、脚が八本なのにも納得だ。

そんなことはどうでもいいが、もしその巨大ガニがタラバガニならば、これは是非試食しなければいけない。

それには倒すしかなく、可哀想な……気持ちは微塵《みじん》もないな。

早く倒して試食しよう。

「そのカニの小さい個体は見たことがあるか？」

「いえ、この海域で一番有名なカニはガザミでしょうか……」

比較的獲れる魚介類が日本と被る傾向にある北方海域であったが、エビ、カニ類は実は南方の方が豊富であった。

特に大型のエビ、カニ類は南方の方が沢山生息しており、北方で一番食されているカニは通称『ガザミ』と呼ばれているワタリガニをもっと小さくしたようなものであった。

エビ類も甘エビ程度の大きさしかなく、ロブスターに似たエビが獲れる南方の方が産地としては有名だ。

「(その代わりに、遥《はる》か北方にサーペントと同じくらいの超巨大種が生息していたってオチか……)ガザミの大きいのはいないよな?」

「ガザミはいないのですが、実はその巨大なカニの他にも目撃例が……」

「どんなカニだ?」

「甲羅の高さは十五メートルほど、甲羅は三角形に近く、体色は暗い赤。脚がすらっとしています」

それって、間違いなくズワイガニだよな。

「実は、まだいまして……」

巨大なカニは三種類いるというのか。

「これは小型ですね。それでも、甲羅の高さは十メートルくらいありますか……全身がズングリとしておりまして、毛がいっぱい生えています」

これは、日本人なら誰でもわかる。

間違いなく毛ガニか、それに近い種類であろう。

「三種類もの巨大なカニかぁ……。今まで目撃例はなかったのか？」

「大昔から、漁師が北の果てで巨大なカニを目撃したというお話はありました。特徴も似ていますが、それはあくまでもお話。目の当たりにしたのは今回が初めてです」

なんらかの理由で、もっと北に住んでいたカニたちが南下したというのか。

異常繁殖、縄張り争いでの敗北、南に餌が沢山あると気がついた、とかか？

どちらにしても、カニの南下が一時的なものなのか、それともこれからも定期的に続くものなのかで対応が分かれるな。

「現地に行ってみようと思う」

「某《それがし》も同行するのである！」

一刻も早く美味《おい》しいカニを……じゃなかった。

巨大ガニは魔物ではない可能性が高いが、それでも一般人には脅威である。

ここで俺たち魔法使いが、カニを美味しく調理して……じゃなかった。

退治して漁場を安全にしないといけない。

そう、これは日々真面目に生活する漁師たちのため、ノブレス・オブリージュの精神に則《のっと》って俺たちがカニを退治するだけの話であった。

「ヴェンデリン、導師、行ってくれるのかい？」

「勿論《もちろん》だとも、アルフォンス！　俺たちは友達だろう？」

なあに、討伐代金なんていらないさ。

倒したカニの権利さえ貰《もら》えれば。

「腕が鳴るのである！」

「というわけで、誰か船を出してくれないかな？　あっ、テレーゼとカチヤとアマーリエ義姉さんはお留守番で」

「あたいは、船の上じゃあまり戦力にならないから仕方がないか」

カチヤも魔力が増えていたが、海底にいる巨大ガニに届く攻撃手段を持っていなかった。

危険なので留守番をしてもらうしかない。

「妾はいた方がいいのでは？」

「テレーゼが活躍するとまずいじゃない」

変装はしているが、すでにテレーゼの正体に気がついた者がいるかもしれない。

そんな状況で彼女が魔法を使えば、再び領主に返り咲いてほしいと願う者たちが出てしまうかもしれない。

魔法は隠し、あくまでも極秘裏に里帰りをしたという体《てい》を装った方がいいであろう。

「アマーリエに料理でも習っておこうかの」

「購入したものを調理しておくから、これを戻ってから食べましょう」

「わ――――い」

「ヴェンデリン、お主は子供か……」

久々の北の海の幸尽くしだ。

カニの討伐が上手《うま》くいき、俺の想像どおりに食べられる種類だったら……。

巨大なカニをお腹いっぱい食べ放題。

サーペントの肉なんて目じゃないな。

「みんなでカニパーティーをしましょう」

「そんな得体の知れないカニ、食べられるのかしら？」

アマーリエ義姉さんが首を傾《かし》げ、テレーゼとカチヤとアルフォンスが見送るなか、俺と導師は地元の漁師たちが操る船で、荒波と寒風激しい北の海へと出発するのであった。

＊　＊　＊

「貴族の旦那、ここが巨大なカニの出た場所でさぁ」

半日ほど漁船で北の海を進むと、ようやく謎の巨大ガニが出たというポイントに到着した。

そこまで陸地から離れておらず、周囲には島もない。

北方の海はさらに風と波が激しくなり、常に凍死と遭難の危険に曝《さら》される。

それでも、この漁場で獲れる魚介類は高く売れるので、みんな危険を冒してこの海に挑むのだぞうだ。

まさに『海の男』と呼ぶに相応しい存在であった。

「導師、反応はありますか？」

「むむっ！　もっと北である！」

二人で『探知』の魔法で探るが、やはり巨大ガニは魔物ではなく野生動物の一種のようだ。

同じ大きさの魔物ならもっと大きな反応が出るが、巨大ガニらしき生物の反応は小さい。

もう少し距離が離れていたら、俺や導師でも探れなかったはずだ。

「もっと北である！」

「へい！」

導師の命令で、漁師たちは船をさらに北に向ける。

危険な仕事のため荒くれが多い漁師たちであるが、残念ながら導師はもっと荒くれだ。

全員が導師の指示に素直に従い、キビキビと働いていた。

「(俺ではこうはいかないだろうな……)ちょうど、この真下ですね」

「海底にいるのである！」

この海域は、水深が数百メートルはあるはず。

その海底に巨大ガニらしき反応が複数あった。

餌を獲るためなのか、漁師たちに縄張りを侵すなと告げるためなのか、巨大ガニは水面まで浮上してきたそうだ。

その辺が、北海道やロシアで獲れるカニとは違う。

なにしろ漁船を攻撃するカニなど、地球上には存在しないのだから。

「浮上してこないかな？」

俺たちがいるので浮上してくるかもしれないと思って暫《しばら》く待機したが、巨大ガニらしき反応は海底に鎮座したままだ。

船が一隻しかないので気がつかないのか、浮上して俺たちを食べても腹の足しにもならないと思っているのかもしれない。

「バウマイスター辺境伯、どうするのである？」

「こうなったら、餌で誘いましょう」

「餌であるか？」

「ええ、少し勿体《もったい》ないですけど……」

以前に害獣として退治したものの、血抜きと解体が面倒なので魔法の袋に入れたままであった巨大な熊を取り出し、長ロープに結んで重し代わりの石とともに海に放り投げる。

その時に熊の腹を割いておいたので、大量の血が海面に浮かんだ。

「カニが食べるかは不明ですけど、こうやって血の臭いを出せば効果があるかなと」

「なるほど。バウマイスター辺境伯はよく考えているのである！」

誰でも考えつきそうな策なんだが。でも導師だったら、そのまま海に飛び込んでカニと格闘を始めた可能性があったのか？

「来たのである！」

「効果あるんだな！」

餌である熊を沈めてから数分後、海底にある複数の反応が水面に向かって動き出した。

熊の血の臭いに反応して浮上してきたのであろう。

どうやら巨大ガニは、サーペントと同じく肉食であるようだ。

「導師！」

「もうすぐ姿を見せるのである！」

餌の熊を引き揚げると同時に、水面が大きく盛り上がり、水面上に巨大なカニが姿を現した。

「(タラバガニだぁ――――！)」

その体色や特徴は地球のタラバガニそのもので、全高は二十五メートル近く、全幅に至っては五十メートル以上あるかもしれない。

この巨体でどうやって水面上に浮いているのか疑問であったが、今はそれよりも奴を調理……じゃなかった、討伐しなければいけない。

「貴族の旦那ぁ！　前に遭遇した個体よりも大きいでさぁ！」

下手な竜よりもデカイ巨大なカニ、しかも漁師たちが最初に遭遇した個体よりも大きいらしい。

そのあまりの大きさに、荒くれが多い漁師たちもみんな震え上がってしまった。

彼らは冒険者ではないので、ここまで巨大な生物に慣れていないのだ。

「そういうことはよくある。きっと、前のカニのお父さんなんだ」

それに、大きいのは好都合だ。

きっとその甲羅にも、脚にも、ハサミにも、大量の身や味噌《みそ》が詰まっているであろう。

「貴族の旦那、見かけによらず度胸がありやすね……」

「デカイだけだからな」

「ひぃ――――っ！　貴族の旦那ぁ！」

巨大なカニがその大きな脚で船を攻撃してくるが、事前に張っていた『魔法障壁』がそれを弾《はじ》き返す。

やはりただの巨大なカニでしかないようで、ブレスなどを吐く気配もない。

竜ではなくカニなので、当然ブレスは吐かないか。

サーペントと同じく、美味しい食材となってもらおう。

「バウマイスター辺境伯?」

「俺がやります」

「その心は?」

「導師、調理方法や使える部位を研究するため、あのカニはなるべく無傷で倒さないといけないのです」

俺は、タラバを含めたカニ全般の最適な調理方法を知っている。

浜茹《ゆ》でこそが最高の方法なわけだが、その前にカニの体を傷つけては駄目なのだ。

脚が折れたら勿体ない。

甲羅の部分を傷つける?

アホか!

もし一番美味しい味噌が零《こぼ》れでもしたら、人類にとってこれ以上の損失があるであろうか?

よって、奴にはその形を保ったまま死んでもらう。

そうすれば、巨大ガニ以外はみんな幸せになれるというわけだ。

死んだらすぐに魔法の袋に入れて劣化を防ぎ、茹でる時には、あとはカニを投入するだけという状態にしなければいけない。

茹でるか、焼くか、蒸すか……。

調理方法に悩んでしまうな。

カニが巨大なので、最初は実現可能な方法を優先するしかないか。

「貴族の旦那ぁ……」

「もの凄い音がしますが……」

俺が考えを纏《まと》めている間も、巨大ガニは『魔法障壁』に脚で攻撃を続けていた。

その度に『魔法障壁』から激しい音が鳴り響き、戦闘の経験がない漁師たちは不安そうであった。

巨大ガニは完全に攻撃力不足なのでなんの心配もないのだが、俺としてはあまり脚に負担をかけないでほしいと思ってしまう。

巨大ガニが無理をして、脚が折れてしまうと勿体ないからだ。

それにしても、地球のカニに比べると随分とアクティブな動きをするカニである。

「安心しろ。絶対に『魔法障壁』は破られないから」

「そうなのですか？」

「体は大きいが、さほどの攻撃力はない。所詮《しょせん》は大きな動物扱いだな」

「そんなふうに思えるの魔法使いだけですよぉ！」

それでも、振り回した脚が人間に直撃すれば即死なので、『魔法障壁』が使えないと簡単に死んでしまうのには変わりない。

漁民だけでは、この巨大なカニの討伐は難しいか。

「導師、このカニたちは北方から来たのでしょうが、これは彼らがこの海域まで生息圏を広げた証拠でしょうか？」

「反応は、この海域に数匹のみである！　たまたま南下しただけとも言えるのである！　もし巨大ガニの生息圏が広がったとしても、某たちにはどうにもできないのである！」

今日は急遽《きゅうきょ》アルフォンスの許可を得て狩りをしているが、本来ならフィリップ公爵である彼が、諸侯軍なり冒険者なり魔法使いを動員して討伐しなければいけない。

もしも巨大ガニの生息圏が広がったとすると、討伐時の賞金や得た巨大ガニの分け前等、フィリップ公爵家が細かくルールを作らないと誰も討伐依頼を引き受けないであろう。

命がけでカニを倒したのに、ルールがなく、もしフィリップ公爵家が立場を利用して利益を総取りにしてしまったら。

なんの保障もないフリーランスの魔法使いや冒険者が、そんな危険を冒すわけがない。

俺たちは、今日は戦利品丸取りという条件で今回だけの討伐依頼を受けた。

ルールが決まるまで待っていたら、巨大ガニが長期間、我がもの顔でこの海域を暴れ回る危険もあったからだ。

「今日は、この数匹を倒して持ち帰ればいいですね」

「それでいいのである」

「貴族の旦那ぁ……、大丈夫ですか？」

「大丈夫だ」

大丈夫。

巨大ガニは強くないし、俺は急所を知っている。

カニは生きたまま茹でると、暴れて脚が取れてしまう。

そうすると胴体の美味しいところが湯に流れてしまうので、調理する直前に必ず締める必要があった。

カニの急所は目の間、口の中、ここを鋭い刃物や錐《きり》で深く突けばいいのだ。

「動きが遅いので、それほど苦でもありませんよ」

俺は、全長十メートルほどの鋭い錐状の刃物を魔力で作り、それを一気に巨大なカニの目の間を狙い投擲《とうてき》した。

この俺からの攻撃にあまり素早くない巨大ガニは反応できず、その目の間に魔力の錐が深く突き刺さった。

「どうだ？」

「動かなくなったのである」

いくら巨大とはいえ、カニに変わりはなく急所は同じだったようだ。

魔力の錐が消えると、巨大ガニはまったく動かなくなってしまった。

生命反応もなくなり、俺は無事、巨大ガニの討伐に成功する。

「サーペントよりも弱いな」

「あいつらは、もっとよく動くのである！」

攻撃力はサーペントよりもあるが、動きが遅いので対処は難しくない。

急所もわかりやすいので、研究が進めば魔法使いでなくても倒せるようになるであろう。

「おっと、次が来る前に……」

締めてしまったカニをそのままにしておくと、いくらここが寒い北の海でも鮮度が落ちてしまう。

俺は慌てて、巨大ガニを魔法の袋に仕舞った。

「バウマイスター辺境伯、次である！」

「貴族の旦那ぁ！　種類が違うだ！」

「(出たあ！　今度はズワイだぁ――――！)」

次の巨大ガニは、全高十五メートル、全幅五十メートルほどの巨大なズワイガニであった。

違うかもしれないが、とてもよく似ている。

「とても美味そうだな」

「貴族の旦那ぁ……、それどころじゃないですよ」

「それがなによりも大切じゃないか」

クソ不味《まず》そうな動物や魔物なら素材以外は黒焦げでもいいし、素材さえも大した価値がなければ時間節約のため粉々にしても構わないが、相手はカニ様である。

脚が取れてしまうなどもってのほか、そのままの姿で慎重に締めなければいけないのだ。

「今度のカニもの凄い力ですけど……」

「大丈夫、前のカニよりも弱いから」

タラバに比べると、ズワイは脚の攻撃力が劣る。

いや待てよ。

このまま攻撃を続けると、美味しい脚が取れてしまうか。

「そうなったら勿体ない」

またも魔力で錐を作り、目の間に深く突き刺して巨大ガニを締めた。

「あとは、毛が生えている奴がいたら全種類制覇だな」

毛ガニは味噌が美味しいからな。

出現したら、タラバ、ズワイよりも慎重に締めないといけない。

早く持って帰って茹でる方法を考えないと。

なにしろ、みんな大きいからな。

鍋の特注は……今からだと時間がかかって難しいか？

「バウマイスター辺境伯、また違う種類である！」

「おおっ！」

今度のカニは、全高十メートル、全幅二十メートルほどで小さかった。

全身に毛が生えており、まさしく毛ガニそのものである。

「これも同じ方法で倒す！」

今度は『魔法障壁』に攻撃される前に、先制して倒してしまった。

「これで北の三種を制覇ですね」

まだ百パーセント食べられる保証はなかったが、今は一秒でも早く茹でてみたい気分だ。

きっと美味しい匂いがするはずなのだから。

「バウマイスター辺境伯、反応はあと四つである！」

「他には、反応がないですね」

「たまたま南下したのであろうか？」

その答えは誰にもわからなかったが、俺はその日のうちにタラバガニに似た巨大ガニを二匹、ズワイガニに似た巨大ガニを二匹、毛ガニに似た巨大ガニを三匹も確保することに成功したのであった。

＊　＊　＊

「北方の海にそんな生き物がいたんだ。これから探索する予定なんだけどなぁ……」

「そんな計画があるんだ」

「北方を帝国領土に組み込んで国力を増強し、国威を上げるって寸法だね。王国も南方経営に興味があるから、ヴェンデリンに探索させてアキツシマ島を統一させたんでしょう？」

「まあね」


結局、巨大なカニの群れはなく、俺が退治した七匹ですべてであった。

これからまた南下してくる可能性も否定できなかったが、それに対応するのはアルフォンスの仕事である。

彼は魔法使いの確保に頭を悩ませていたが、今すぐ解決しなければいけない切迫した問題というわけでもない。

北で獲った巨大ガニを調理すべく、俺はバウルブルクにある屋敷に戻っている。

当事者兼カニの提供者ということでアルフォンスを招待し、巨大ガニに興味を持ったペーターたちもついてきて興味深そうに巨大ガニを見ていた。

「あなた、このカニはどうやって調理いたしますか？」

「茹でる」

カニは茹でるに限る。

他の無駄な調理など必要ない。

「ですが、こんなに大きなカニが入る鍋がありません」

「鍋に入る大きさに切ったら？」

「ぬぉぁ――――！　そんなことをしたら、美味しい成分が湯に流れ出てしまう――――！」

「そんなに強く否定すること？」

俺は、イーナの意見を全力で否定した。

カニはそのまま茹でなきゃ意味がないのだ。

第一、南方の海で獲れる巨大なエビや貝だって、いちいちバラして調理なんてしない。

やはり、美味しい成分が流れてしまうからだ。

「でも、鍋を注文していたら時間がかかるよ。この巨大なカニが茹でられる特注の鍋なんて、完成に何ヵ月かかるか」

ルイーゼは、鍋がないから諦めてイーナの言うとおりにすればいいと言った。

「だがそれは認められない！　魔法で茹でてやる！」

ようは、カニ全体を満遍なく決められた時間熱湯で茹でられればいいのだ。

「先生、どんな方法で茹でるのですか？」

鍋も使わず、魔法で巨大なカニを茹でる。

応用が必要であり、俺の弟子であるアグネスは興味津々のようだ。

「魔法で大量の『蒸気』を作る?」

「シンディ、その蒸気を閉じ込める方法がないと、魔力が大量に必要で、周囲にも迷惑がかかるよ」

シンディとベッティも、師匠である俺が出した問題を懸命に考えていた。

魔法の応用性を高めるためには、どんなにくだらない課題でも懸命に考え、独自の思考力を磨く必要があった。

三人は懸命に自分ならどうするかと考えている。

「一気に焼いてしまったらいかがです?」

「あのなぁ、カタリーナ。あの巨体なのだから、表面だけ焼けて中が生のままじゃ意味ないだろうが」

焼きガニもいいと思うが、まずは茹でるのを解決してからだな。

「ヴェンデリンさんならどうするのですか?」

「あまり複雑な方法は取らないね」

巨大なカニと大量の湯を入れる鍋は、『魔法障壁』の形状を鍋の形にすればいい。

『魔法障壁』は水を漏らさないようになっている。

もし漏れると、冷気などが浸透して使用者にダメージがいくので当然だ。

まずはこれを巨大な鍋の形に具現化し、そこに大量の水を入れて『火炎』魔法で沸騰させる。

その時に、塩を入れるのを忘れてはいけない。

カニは海水と同じくらいの塩水で茹でないと、味がボヤけて不味くなってしまうからだ。

「これでいいですか？」

「さすがは、リサ」

大量の水を鍋型の『魔法障壁』に塩と共に移し、『火炎』魔法で上手に沸騰させた。

「ここでカニを入れる」

巨大なカニを『念力』で底の部分に入れる。

最初は、俺が前世で一番好きだったズワイガニにしておいた。

「甲羅は下なのですね」

そうしないと、味噌が固まる前に湯に流れ出てしまうからだ。

俺が理由を説明すると、リサは納得した。

「茹でている間にカニが浮き上がらないように、重しをした方がいい」

「わかりましたわ」

とはいえ、そんな重しは急に準備できなかったので、カタリーナはカニが湯から出ないよう『念力』で押さえ込んだ。

「先生、これだけの動作を一人で可能ですか？」

「今日は人数がいるから分担しているけど、俺一人でもできるな」

むしろそれができないと、もしまたカニを入手した時に茹でられない。

できなくても、必死に修行して会得するであろう。

「茹でると、鮮やかな赤になるんだね」

「美味しそうな気がする」

ルイーゼとヴィルマが、茹でられているカニを興味深そうに見ていた。

茹であがったカニが鮮やかに赤く染まり、とてもいい匂いが漂ってくる。

この匂いは、間違いなく茹でたてのズワイガニの匂いだ。

「茹で終わったカニはすぐに引き揚げ、湯気が出なくなるまで置いておく」

今回はカニが大きかったので少し長めに茹でたが、細かい茹で時間などはこれからも研究が必要だな。

茹であがったカニの脚を一本切り落とし、毒などがないか魔法で探るが、特に問題はないようだ。

殻がえらく硬かったが、茹でると強度が落ちるらしい。

『ウィンドカッター』を応用した魔法でカニを剥《む》くと、中には美味しそうなカニの身がビッシリと詰まっていた。

前世以来、十何年振りのズワイガニであろうか。

試食をすると、あの懐かしい……前世の俺のサラリーでは、懐かしいというほど沢山食べた記憶もないが……身の甘い味が口いっぱいに広がる。

美味い。

カニはとにかく美味い。

いちいち口で言い表さなくても、カニには食べている人を無言にする美味しさが存在するのだ。

「あなた、どうですか？」

「もの凄く美味い。拘って茹でた甲斐《かい》があったね。エリーゼも早く」

身を切り取ってエリーゼに食べさせると、彼女も無言になった。

美味しいカニには、やはり人を無言にする力があるのだ。

「じゃあ、自己責任でどうぞ」

「ここまで見せつけられて、食べないなんてないよ」

「ヴェンデリンが毒味しているからね。エメラ殿、カニに毒はあったかな？」

「いいえ、ありません」

エメラが大丈夫だと太鼓判を押すと、みんながカニに群がって食べ始めた。

「塩水で茹でただけなのに、もの凄く美味いな」

「下手な料理なんて目じゃないね。今度、冒険者ギルド本部に討伐依頼を出そうかな？」

「フィリップ公爵領の支部にも出してみよう」

ペーターも、アルフォンスも、一心不乱にカニを食べ続けた。

彼らにつられ、エメラやマルクたちも美味しそうに食べている。

「美味しい」

「美味いのである！」

ヴィルマと導師は自然と競うように食べ始め、エリーゼたちも、今日はバウルブルクの屋敷にいたルルと藤子《フジコ》も、美味しそうにカニを食べている。

「ぷはぁ！　これは酒とよく合うな」

ブランタークさんも酒と共に味わい、とにかく巨体で量が多いのでバウマイスター辺境伯家の家臣、兵士、メイドたちにも振る舞われ、彼らも無言でカニを食べ続けた。

みんな、茹でたてのズワイガニモドキに大満足であった。

「ヴェル君に言われたとおり調理したわよ」

「ありがとうございます。これも美味しいなぁ」

アマーリエ義姉さんが、パスタを茹《ゆ》でてカニパスタを作ってくれた。

これにはカニ味噌も入っており、カニ味噌の濃厚な味が食欲を回復させる。

他にも、まだ大量にあるカニの身でグラタン、チャーハン、カニ玉、味噌汁、カニハサミクリームコロッケ、サラダ、天ぷら、シュウマイ、あんかけ豆腐、鍋、ブイヤベース、雑炊、春巻き、スープなど、様々な料理が出てきた。

「これはいい身の質と味のカニですね。討伐は大変そうですが……」

これらの料理の中でミズホ風のものは、バウルブルクで様々な店を経営しているアキラとデリアが出張して作ってくれたので、とてもいい味だ。

特にこの味噌汁と、カニの身のあんかけはいいな。

揚げ出し豆腐とよく合っている。

カニの身と、擦り下ろしたヤマイモ、卵白、だし汁を混ぜて蒸した真薯《しんじょ》も素晴らしい味だ。

やはり、こういう料理をさせるとアキラの圧勝だな。

「北方には、こんなに大きなカニが生息しているのですね。王都にいる父が聞いたら仕入れたがると思います」

「偶然南下したみたいだな。北方は未探索地域だから、そこに生息していても不思議ではない。南にもサーペントのような巨大生物がいるのだから」

「そうですね」

まだカニは沢山あるから、時おりアキラにミズホ風の料理をさせるのもいいな。

「ヴェンデリン、ご馳走《ちそう》様。魔法使いで探索隊を組んでカニを討伐させたいね」

「残念ですが、魔法使いに余裕がありません」

「だよねぇ……」

ペーターによる巨大ガニ探索隊の編成案は、アルフォンスよって否定されてしまった。

内乱で魔法使いの犠牲が大きく、未成年者への早期教育を行っていても大幅な人員不足であったからだ。

復興と新開発計画もあるので、北方の探索に魔法使いを回す余裕はないのであろう。

探索計画自体はあるが、なかなか進んでいないのが実情だ。

「そのうちにまたカニがきたら、フィリップ公爵家の魔法使いでなんとかするよ。ヴェンデリンに効率的な討伐方法を教えてもらったから」

「それがいいな。いいか、急所を一撃しないと勿体ないからな」

「そこは拘るんだね」

だって、カニの脚が取れたり、甲羅の中の味噌が漏れたら勿体ないじゃないか。

「俺も在庫が尽きたら、フィリップ公爵領から輸入することになるんだから当然だ」

「新しい特産品になるかな？」

「定期的に獲れればな」

ところが、あの七匹の巨大ガニは偶然南下したようで、フィリップ公爵家が巨大ガニの棲《す》み処《か》まで漁に出られるようになるまで、それから数十年もの時間が必要であった。

＊　＊　＊

「いいね。お茶と一緒にみんなで食べようか」

「お館《やかた》様、今日はアキラが自作したドラ焼きを持ってきました」

「そうだな、エル」

「いやあ、あのカニは美味かったな」


カニ料理を振る舞う会が終わり、色々と忙しいペーターとアルフォンスたちは帝国へと戻っていった。

家族だけで食後の団欒《だんらん》の時を過ごしていると、突然魔導携帯通信機の着信音が鳴る。

慌てて出ると、それはヴァルド殿下であった。

『ヴェンデリン！　なぜ誘ってくれぬのだ？』

「はい？」

『今日、ペーター殿、アルフォンス殿と君が狩った獲物の料理を食べたことは聞いているぞ』

「はあ……」

さすがは、次の国王陛下。

有能なだけあって、恐ろしいほどの情報収集能力だ。

だが、ヴァルド殿下にはうるさい家臣が多い。

得体の知れない巨大なカニの料理を彼が口にするなんて、彼らが認めるわけがないのだ。

ペーターとアルフォンスには自己責任だと言ってあるし、二人はそれを了解して食事会に参加している。

お互いに信用もあるし、うちは魔法使いが多いから万が一誰かが毒を入れてもすぐに気がつき、エリーゼもいるから解毒も可能であった。

巨大なカニを食べる会で、出席者の中で最上位に近いヴァルド殿下がカニを食べられなければ場がシラけるので、自然と招待はしない方向になったわけだ。

「殿下をご招待しても、お出しできるものがありません」

『それは……』

「というわけですので、今回は仕方がなかったものと」

『……次は、誘ってくれよ。なにしろ私たちは、友人同士でこれから親戚同士になるのだからな』

最後にそう言うと、ヴァルド殿下は魔導携帯通信機を切った。

「なんかさぁ、面倒な人じゃやねえ？」

「そうだなぁ……」

「しかも、無下にできないというな」

「……それを言うなよ……」

エルの不敬な指摘に、俺も、エリーゼですら首を縦に振るのであった。

第三話　大食い特訓

「俺も、ヴェルに負けるつもりはないな」

「エルには負けない」

「はい、どうぞ」

「まだまだ食べられるぞ」

「はい、どんどん」


アキラがバウルブルクに新しいお蕎麦《そば》屋さんをオープンさせたというので行ってみると、なんと『わんこ蕎麦』をやっていた。

ミズホの極一部の地域では、お祝いにわんこ蕎麦が振る舞われるそうだ。

まさか、この世界にもわんこ蕎麦があるとは……。

懐かしさもあり、早速エルと一緒に挑戦してみる。

熱い蕎麦つゆをくぐらせた一口大の蕎麦が、給仕のお姉さんによって次々とお椀《わん》に入れられていき、俺とエルは競うように杯数を重ねていく。

体格ではエルの方が有利だが、俺は魔法使いなので普通の人よりは食べる方だ。

暫《しばら》くはほぼ互角の戦いが続き……。

「もう駄目だ……」

「エルヴィンさん、百八十九杯です！」

エルは随分沢山食べたようだが、俺はまだ自分のお椀に蓋《ふた》をしていない。

さらに蕎麦を食べ続け、ついに……。

「お館《やかた》様、二百杯です！」

「やったぁ――――！」

エルに勝利したぞ。

だからなにと言われても困るが、勝利とはそれだけで素晴らしいものだと思うのだ。

「不覚……ヴェルはよく食べるよな」

「俺が、蕎麦が好きってのもある」

バウマイスター辺境伯家での蕎麦を食べる頻度は周りとは桁違いなのだ。エルとの勝負は最初から有利だったというわけだ。

食べ慣れていると、沢山食べられるからな。

「次は負けないぜ」

「それは結構だが、本当に強いのはヴィルマだからなぁ」

「……まだギブアップしてないな」

みんなもわんこ蕎麦に挑戦していたけど、言うまでもなく一番食べるのはヴィルマであった。

すでに五百杯を超えているが、いまだに食べるペースが落ちていない。

「エル、『ようし、次は負けないぞ！』って、ヴィルマには言わないの？」

「いや、誰も勝てないだろう」

確かにヴィルマは、前世でよくテレビに出ていたどんな大食いファイターよりもよく食べるからなぁ。

そう簡単に勝てるわけがない。

「千杯までいきそうだな」

「すげえなぁ……」

「ぐぬぉ――――！　もう入らないのである！」

「導師様、四百五杯です」

今日はフリードリヒたちの様子を見にきた導師もいたので、一緒にわんこ蕎麦に参加していた。

導師が、この手のイベントを断るわけがないからな。

四百五杯はさすがだと思うけど、ヴィルマに比べるとなぁ……。

「また負けたのである！」

導師は、まだわんこ蕎麦を食べ続けているヴィルマを見て心から悔しがっていた。

実に大人げない……だからこそ、魔法使いとしての名声を得たとも言える。

ようは、負けず嫌いってことだからな。

「導師、さすがにヴィルマには勝てませんよ」

導師もよく食べるけど、ヴィルマと比べられたら可哀想《かわいそう》であろう。

「次こそは勝つのである！」

とはいえ、導師がヴィルマに大食いで勝つのは非常に難しいであろう。

それでも導師は勝利を諦めず、度々ヴィルマに大食い勝負を挑む。

それはいつもの光景なのだけど、後日その様相が大きく変化するとは、現時点で誰も予想できなかったのであった。

＊　＊　＊

「ヴェル様、私に招待状がきた。食べ放題のお店から」

「ああっ、前に助言したところだな。それにしてもヴィルマに招待状――勇気があるなぁ――感心するわ」

「俺からしたら、いつの間にかまたヴェルが知らないお店に助言していた事実に驚くがな」

「ちょっと王都に出かけた時にな。もうそろそろ、フリードリヒのオムツを交換する時間だな。よし、ここは俺が！」

「お館様ぁ、それはメイドの仕事だと何度言ったら。お館様はエルヴィン様と招待状をくれたお店のお話を続けてくださいね。私も将来に備えてオムツの替え方を練習しているのですから」

「エルの婚約者は、なかなかに頑固だな」

「言ってることは間違ってないだろうが。そんなに赤ん坊のオムツを替えたいのか？」

「そのような貴族様を、私は今まで見たことがないので驚いています」

「俺も、ヴェル以外にそんな貴族を知らないけどな。それでヴェル、招待状を寄越したお店って本当に『食べ放題』なのか？　言葉どおりに？」

「時間制限はあるけど」

「そんなお店が、ヴィルマを招待して経営が成り立つのか？」

「成り立つようにアドバイスした……ヴィルマが利用して採算が取れるのか、そこまでは責任持てないけど……」

「なんでヴェルが、そんなことを知ってるんだ？」


大貴族というのは大変だ。

空いている時間にフリードリヒたちをあやしていたら、オムツが濡《ぬ》れて不快になったようでぐずり出してしまった。

急ぎ俺がオムツを替えようとしたのだけど、もうすぐエルと結婚式を挙げるレーアにそれを止められてしまったのだ。

赤ん坊のオムツを替えるのは、メイドである自分たちの仕事であると。

まったく反論できず、俺は他の子たちの分も合わせてメイドたちにオムツ替えを任せることにした。

『バウマイスター辺境伯イクメン計画』は、この世界の常識になかなか逆らえず、一向に進んでいないが、俺は決して諦めない。いまだ抵抗は大きいが、水面下で作戦を続行することにしよう。

それはさておき、俺はヴィルマに届いた招待状を見せてもらい、その中身を確認した。

やはり俺が助言した王都にあるレストランからで、このお店は俺のアドバイスでビュッフェスタイルの『食べ放題』を導入して、今王都で一番勢いがあるレストランだと評判になっていたのだ。

「ヴェルってば、そういうのが好きだよねぇ」

すかさず、ルイーゼが話に加わってきた。

「ちょっと助言しただけだぞ。それでそのお店が評判になれば、王都に出かけた時に食べに寄れるお店の候補が増えて嬉《うれ》しいじゃないか」

俺は定期的に、『瞬間移動』を用いて奥さんたちと王都に遊びに出かける。

食事は外食となるので、美味《おい》しいお店は多いに越したことはないのだ。

選ぶ楽しみってのも増えるからな。

「食べに行くお店の選択肢が多いと嬉しい、というのは理解できます。それにしても、なぜ食べ放題のお店がわざわざ招待状を出してまでヴィルマさんを招待するのですか？　お店は決して黒字にならないと思いますが……」

確かにカタリーナの言うとおり、食べ放題のお店がヴィルマを招待するのは無謀な行為である。

規模が小さいお店ならば、即座に経営危機に陥る可能性だってあるのだから。

「ヴェル様、この日は特別営業日だって書いてある」

「本当だ」

ヴィルマから渡された手紙を読んでみると、どうやら経営が好調なので、お祝いと宣伝を兼ねたイベントをやるつもりのようだ。

「ヴィルマのみならず、王国中の大食い自慢を多数呼び、その中で一番食べた人を表彰して賞金を出す……大食いチャンピオンを決めるのかぁ……」

この日は採算度外視ということね。

ヴィルマほどではないにしても、ヘルムート王国中の大食い自慢たちが多数集まって、どれだけ食べたかを競い合うわけか……。

「あなた、名前を聞いたことがない王都のレストランから招待状が届いておりますよ」

「俺も？　ああっ、パーティーの方かぁ」

エリーゼが持ってきた招待状を読むと、俺とその家族は大食い大会のあとのリニューアルオープン一周年記念のパーティーに呼ばれていた。

大食い勝負に招待されてもご期待に応えられないのでよかった。

「このお店の恩人なのですね」

「少しアドバイスしただけだよ」

ビュッフェサービスを始める前、このレストランは本当に地味で目立たないお店だったのだ。

味が悪いわけではない。

高価というわけではない。

メニューが少ないわけではない。

客がいないわけではない。

店が赤字というわけではない。

従業員の待遇が悪いわけでもない。

お店が潰《つぶ》れていないから成功とも言えるが、オーナーは『自分のお店って、一体なんのために存在するんだろう？』と真剣に悩んでいた。

俺がたまたま一人でこのレストランに入った時、オーナーがため息をついていたのでつい助言してしまったのだ。

『ビュッフェでも始めてみたら？』とアドバイスをしたら、異常なまでに食いつかれてしまい、俺はできる限りのアドバイスをすることになった。

オーナーは俺の助言を積極的に受け入れ、見事レストランはリニューアルに成功したわけだ。

あれだけ凡庸で地味なレストランを赤字にしないのだから、オーナーは元々優秀な人物だったのであろう。

同じ金額で色々な料理やデザートが食べ放題なので、今では真似をするお店が出るまでに人気が出ていた。

すでにオーナーも、支店をいくつも出している。

「ヴェルやお世話になった人たちを招待するパーティーの前に、大食い自慢たちを呼んで大会を開き、お店の宣伝をするわけか」

「そういうことだろうな」

ビュッフェスタイルのお店が通常営業でヴィルマを呼ぶと、なにをどうやっても決して黒字にはならないからな。

「ヴェル様、沢山食べていいって」

「ヴィルマなら優勝できそうだな」

「優勝する！」

「賞金は一万セントか」

いい宣伝になると踏んだのか、オーナーはえらく太っ腹だな。

大食い競争の優勝賞金が百万円って……。

本当に気合が入っていると思う。

「ですが、世界は広いのです。ヴィルマさん以上の大食い自慢がいるかもしれませんわ」

「そうかな？」

世界は広いから、きっと俺たちが知らないような大食い自慢が沢山いることは確実。

でも、ヴィルマに勝てる人はいないと思うんだよなぁ……。

彼女の場合、普通の大食いとは一段ステージが違うような気がするのだ。

「カタリーナは、ヴィルマ以上の大食い自慢に会ったことがあるのか？」

「今のところありませんが、未知の人物が現れる可能性は否定できないのではないでしょうか」

そんな漫画みたいな展開あるかな？

「ヴィルマに勝てるかどうかはわからないけど、勝とうとして気合を入れている人ならすぐに思いつくわ」

「イーナちゃん、それはきっとみんな思いついていると思うよ」

「ヴェル、導師に招待状っていっていると思う？」

「この店の存在を知っていて、導師が通わないわけがないから、招待状が届いていないってことはないんじゃないかな？」

あっ、でも。

ビュッフェスタイルのお店だと、導師は出入り禁止になっている可能性があるな。

もしかしたら招待状は届いていないかも……。

「逆ではないのか？　そういう人物だからこそ、大食い競争に呼ぶのでは？」

「それもそうか！」

テレーゼの言うとおりだな。

ただ、もし導師が大食い競争に参加したとしてだ、ヴィルマに勝てるとは思えない。

せいぜい盛り上げ役で終わってしまうだろう。

別にそれで、なにか問題があるわけでもないけどね。

＊　＊　＊

「バウマイスター辺境伯ぅ――――！　ここは恩の返し時である！」

「ええっ？　恩？」

「某《それがし》を鍛えてほしいのである！」

翌日。

突然、導師が北方より高速で飛来したと思ったら、珍しくエリーゼが出すお茶に手をつける前に俺に詰め寄った。

恩の返し時って……なんだろう？

もの凄《すご》く釈然としない気持ちでいっぱいだ。

「某がバウマイスター辺境伯を鍛えたように、某も鍛えてほしいのである！」

「意味がよくわからないです」

今さら俺が導師を鍛えたところで、彼が強くなるとは思えないのだ。

魔力量は一人でも上げられる導師なのだから。

「魔法ではないのである！　大食いの技を教えてほしいのである！」

「俺がですか？」

いや、俺はそこまで大食いってわけでは……。

魔法を使うので、普通の人の二～三人前は余裕で食べられますよ、という程度なのだから。

「某は思ったのである！　バウマイスター辺境伯ならば、某の食べる量を増やす、コツのようなものを伝授してくれるのではないかと」

「はあ……導師も、例のお店の招待状を貰《もら》っていたんですね」

「某は悔しいのである！」

「悔しい？」

「某は、あのお店に通えるのである！」

「通えるのならいいではないですか」

出入り禁止にされるよりもよほどマシだと思うけど……。

「ヴィルマ嬢の噂《うわさ》は王都中の飲食店に伝わっており、大食いチャレンジを行っている店舗では、チャレンジは一回のみという決まりになったのである！　最近増えてきた食べ放題のお店では、ヴィルマ嬢には入店禁止の処置がとられているのをバウマイスター辺境伯は知らぬのであるか？」

「知りませんよ……」

定期的に王都に行くとはいえ、そう頻繁に大食いチャレンジのあるお店に行くわけではない。

特に食べ放題のお店なんて、最近ようやく出始めたぐらいなのだから。

ヴィルマは行く前から出入り禁止なのかぁ……採算の問題だろうな。

「今、王都の飲食店でそのような処置がとられている者はヴィルマ嬢のみなのである！」

それだけヴィルマの大食いは、食べ放題のお店の経営に負担を与えるというわけか。

普通の飲食店でもよく食べるけど、俺にとっては大した代金でもないし、メニューごとに価格が決まっているお店からすれば、ヴィルマは上客だからな。

大食いチャレンジのお店に至っては、最初にゲストとして呼ばれることもある。

誰も完食できない大食いチャレンジだとシラけるという理由で、たまに呼ばれるのだ。

無料で飲み食いできて、賞金やギャラまで貰えるのだから、ヴィルマはこの世界の大食いファイターと呼んでも過言ではなかった。

「某は、出入り禁止なんて一度も言われたことがないのである！」

そんなことを悲しむなんて、本当に人それぞれだよな。

導師が食べ放題のお店を利用すれば、間違いなく店は赤字のはずだ。

それでも出入り禁止にしない理由は、これまた宣伝効果を狙ってだと俺は思っている。

導師は忙しいし――王宮筆頭魔導師の仕事ではなく、冒険者としてや遊びでだけど――よく通う店が沢山ある。

そんなたまにしか来ない有名人の導師が散々飲み食いしたとしても、その様子を他のお客さんたちが見ればいい宣伝になるのだから、出入り禁止になどするわけがない。

あとはお酒であろう。

招待状を寄越した食べ放題のお店は、お酒を含めた飲料は別料金となっている。

俺がそうしろとアドバイスしたからだ。

価格設定も少し高めであり、その飲料の利益で利幅の薄い食べ放題サービスを補填《ほてん》するという作戦なのだ。

お酒を大量に飲まずに済ませられないのが導師なので、思ったほど赤字は少ないのかもしれない。

「好きなお店を出入り禁止にされるよりはいいじゃないですか」

「それでも悔しいのである！　バウマイスター辺境伯、某の胃を鍛えてほしいのである！　きっとバウマイスター辺境伯ならばできるはずなのである！」

「……アドバイスはできますけど、必ずヴィルマに勝てるようになると保証はできませんよ」

「構わぬのである！」

導師からの願いを断ることは難しく、俺は彼の胃袋を鍛える訓練とやらに協力する羽目になってしまうのであった。


「楽しみ」

一方、勝手に導師からライバル視されているヴィルマであったが、純粋に大食い大会を楽しみにしていた。

かえって余計な野心がない方が、ヴィルマのように大成できるのかもしれないな。

＊　＊　＊

「これも胃袋の容量を広げるためです」

「これをであるか？　しかしお粥《かゆ》のみというのは……である」

「導師、これを食べられるだけ食べてください」

翌日から、俺のにわか知識に基づく胃袋拡張訓練が始まった。

導師がヴィルマに大食い勝負で勝つためには、今よりも胃袋を大きくしなければいけない。

そこで大量のお粥をメイドたちに炊かせ、これを毎食限界まで食べ続ける訓練をさせることにしたのだ。

大食い勝負の本番まであと一週間。

事前調整をするにはちょうどいい期間であった。

「見てください。アキラが提供してくれた梅干し、漬物、佃煮《つくだに》などもあります。これを少しずつ食べながら、お粥を大量に食べて胃袋を広げるんです」

「胃袋をであるか？」

「沢山食べるには、胃袋が広がらないと駄目ですから」

今の胃袋の容量以上の食べ物が入るわけないので、前世の大食い選手たちも勝負の前には水や食べ物で胃袋を広げていたそうだ。

あくまでもネットからの知識だけど。

「導師は普段、自由気ままに好き勝手飲み食いしていますよね？」

「それは認めるのであるが、胃袋を広げるためなら、なにを食べてもいいような気がするのである」

「甘いですよ！」

「どうして甘いのである？」

「いいですか、導師。これは胃袋を広げる訓練と同時に、自分の胃の容量を正確に計測するためのものなのです」

どのくらいの量のお粥を一度に食べられるのかを正確に計測し、次の日はもっと胃袋を拡張できるようにする。

「お粥が限界なら、これに水を飲むことを加えて積極的に胃袋を拡張していかなければ、食べる量は増やせず、それができなければヴィルマに勝てません。導師、ヴィルマに勝ちたいんでしょう？」

これまで導師は、大食いで何度もヴィルマに挑み、そして敗れてきた。

その度に、次の勝利を目指して努力した点は認めよう。

だが、そこに合理性と科学性がなければ、ヴィルマに勝利することなど到底不可能なのだ。

「ただ頑張ればいいというものではないのです」

「なるほどなのである……」

これまでの連敗のせいで、導師は珍しく素直になっていた。

実際問題、毎日好きなだけ飲み食いしていれば次は勝てるだろうみたいな戦術が通用するような甘い相手ではないわけで、ここは理論的にやらせてもらう。

というか、そこまでしたとしてもヴィルマに勝てるかどうか怪しいところ。

ちゃんとやらなければ、ますますヴィルマに勝つのは難しいというわけだ。

「では、可能な限りこのお粥を食べて、まずは自分の胃袋の容量を確認してください」

「わかったのである！」

「はい、どうぞ」

「沢山食べるのである！」

導師は、レーアからよそってもらったお粥を次々とおかわりしていく。

その食欲は驚異的だが……。

「(ヴェル、この特訓をしたところでヴィルマに勝てると思うか？)」

「(難しいかもな)」

「(おいっ！)」

「(だが、やらなければもっと勝てない)」

「(だよなぁ……)」

普段からヴィルマの大食いを見ているエルとしては、なにをしても導師の勝利は難しいと考えているのであろう。

俺もその意見に賛成だが、もしかしたら……に賭けるしかないのだ。

「導師、ちなみにお昼もですよ。あとお酒は禁止です。食事以外の水も同様に禁止です」

食事中の短時間で一気に大量に胃袋に入れなければ、胃袋の拡張は期待できないのだから。

「大変なのである……」

「これも、ヴィルマに勝利するためですよ」

「(ヴェルも大概性格が悪いよな)」

「(エル、それは誤解というものだ)」

俺は、最善を尽くして導師を勝利させようとしているのだから。

普段色々と振り回されているので、仕返しという要素がまったくないとは言わないが、導師がヴィルマに勝利するためには胃袋を今よりも広げる必要があり、そのためにはお粥と水を大量に摂取するのが極めて有効な方法なのだ。

「(でもさ。ヴィルマって、あの小さな体で食べたものはどこにいってるんだ?)」

「(……さあ?)」

ヴィルマが英雄症候群で、過剰なカロリーを摂取し続けないと飢え死にしてしまうのは周知の事実であったが、体の大きさなどを考えると胃袋がそこまで大きいように思えず……。食べたものの消化が異常に早い? とはいえ、さすがに限界があると思うのだが、この世界の事象を地球と同じように考えても無意味か。

＊　＊　＊

「いよいよ今日である!」

「導師、朝食はこの野菜ジュースをゆっくりと飲んでください」

「胃袋を広げておくために沢山食べるのでは?」

「そんなことをしたら、勝負に影響が出ますよ。朝食を食べると勝負をする昼までに食べたものは胃袋から腸へと落ちているはずですが、腸には残っている。これが勝負に悪影響を及ぼすのです。この一週間の特訓で胃袋は以前よりも拡張するようになったはずなので、今は胃袋を動かしてウォーミングアップする時間です。だから野菜ジュースなんですよ」

「なるほどなのである！」

「というか、お前、そこまで食べないのによくわかるな」

「まあな（まさか、前世で大食い勝負の漫画を見ていたから……とは言えないか）」


いよいよ大食い勝負当日となった。

この一週間、特訓のためバウルブルクの屋敷に居候していた導師には朝食として野菜ジュースだけを飲ませた。

これは、胃腸に負担をかけないようにその動きを活発化させるためだ。

「いざ会場へ！」

「おう！　なのである！」

「楽しみ」

同じく大食い大会に出場するヴィルマは当然として、いつものメンバーで王都のビュッフェレストランへと『瞬間移動』で飛んだ。

「バウマイスター辺境伯様、おかげ様でお店の経営は順調でして。まずは、ヴィルマ様と導師様も参加される大食い競争を楽しんでから、夕食のパーティーとなります。私も存分に腕を振るわせていただきますとも」

「それは楽しみだな。大食い勝負の方も楽しみだ」

ヴィルマと導師がよく食べるのは知ってるが、他に王都にはどんな大食い自慢が存在するのか。

「もしかしたら、ヴィルマよりも食べる人がいるかもしれない」

「王都の飲食関係者の間では、ヴィルマ様は有名ですからね。それを超える大食いとなりますとなかなか厳しいかもしれません」

「某がいるのである！」

「導師様も優勝候補ですから、当然期待しておりますとも」

ただ、これまでの下馬評ではヴィルマの優勝はほぼ確実と言われている。

一応、優勝候補として数名ほど名前が上がってはいるものの、ヴィルマの評判と支持が圧倒的すぎて比較にならない。

「美味しそう……」

「今日は存分にお召し上がりください」

普段だとお店の経営へのダメージが大きいので、ヴィルマはこのお店に入れなかった。

そのため余計に楽しみだったようで、ヴィルマは料理の山に目を輝かせていた。

「でも、こんなに沢山の料理があると、どれだけ食べたのかがわからなくなりませんか？」

「イーナ様、今日は特別な勝負ということで、あのように小さなお皿に係りの者が配膳しております。どの料理を取っても料理はすべて同じ重さとなっておりますので、皿数での勝負となります」

「皿数ですか」

「大食い大会に参加される方々には、それぞれ得意な料理、不得意な料理があるはずですが、これならば純粋に食べた量で勝敗をつけることが可能です」

肉、魚、野菜、麺、ご飯、デザート。

一皿はすべて同じ重さだが、どの料理を選んで食べるかで勝敗に大きく影響するはず。

甘いものや脂っこいものを避けるのは基本だが、野菜ばかり食べても今度は食欲が湧かないかもしれない。

得意だからといって、同じものばかり食べれば飽きてしまうはずだ。

適切な料理の選択が、勝負の鍵ということになる。

「(バウマイスター辺境伯)」

「(昨日のレクチャーどおりにやってくださいよ)」

「(了解なのである!)」

「ヴェル様?」

「導師が、今度こそはヴィルマに勝つってさ」

「今日も私が勝つ」

「バウマイスター辺境伯様、そろそろ大食い勝負が始まりますよ。ささっ、貴賓席へ」

「みんな、行こうか」

オーナーの案内で貴賓席に座ると、会場内に次々と大食い大会の参加者たちが集まってきた。

見た感じでは、どいつもこいつもよく食べそうである。

客である俺たちには、オーナーが腕によりをかけた軽食と飲み物が出てきた。

夕食には豪華な料理が出るし、大食い勝負を見学するのでお昼は軽い方がいいというオーナーの判断なのであろう。

「ただ……」

「あなた？」

「ヴィルマに勝てそうなのはいないかなって。あとは訓練を受けた導師に期待だろうな」

エリーゼの疑問に答える。

導師については大分特訓の成果が出ているはずだが、さてヴィルマに勝てるかと問われれば、それは未知数であった。

「ヴィルマが大食いで負けるかな？」

ルイーゼも俺も、他のみんなも。

ヴィルマよりも食べる人、というのを見たことがなかった。

相撲にたとえるなら、ヴィルマが横綱なら、世間では驚異的に食べると言われている導師でも幕内入りがせいぜいといった感じだ。

そのくらい、ヴィルマの大食いの実力は突出しているのだ。

「ちゃんと特訓したのよね？　ヴェルの指導で。なぜヴェルがそんなことを知っているのかという疑問は別にして」

「大分食べる量は増えたはず」

主に漫画の知識からですとは、イーナには言えなかったけど。

でも実際に成果はあったから問題あるまい。

「導師が今まで以上に食べるのね。それでもヴィルマに勝つのは難しいと」

「ああ」

しかしながら、それでもヴィルマという頂《いただき》は高いというわけだ。

「もうすぐ勝負が始まるわ」

「さあ、大食い競争に参加されたみなさん！　好きなものを食べて一番皿を重ねた人の勝利です！

優勝者には一万セントが贈られます！　それではスタートです！」

オーナーの合図と同時に、参加選手たちは一斉に皿を取って料理を食べ始めた。

いよいよ大食い競争のスタートであった。

＊　＊　＊

「（イケるのである！）」

バウマイスター辺境伯との特訓の成果が出ているのである！

彼自身はそこまで食べないのに、その指導は実に合理的で非常に有効であった。

某の胃袋は、これまでの人生で一番拡張できる状態になっていることは確実である！

今はとにかく勝負に集中するのみ。

バウマイスター辺境伯にも言われたのである！

『大食い競争に参加している他の選手の様子を一切気にするな』と。

そして、『大食い勝負とは、自分との戦い』であると。

「(脂っこいものは避けるのである！)」

これまでの某であったら、なにも考えずに好きな料理が載った皿ばかりを取っていたはずである！

だがそのせいで、これまではヴィルマ嬢に対し敗北を重ねていた。

『(好きなものでいいんです。ですが、肉や魚でも脂っこくないもの。そして、甘いものは極力避けてください)』

脂っこいものと極度に甘いものは、頭が早く満腹を感じてしまうそうである！

そこで脂っこくない肉と魚料理をメインに、時おり野菜なども食べて早く満腹になるのを防ぐ。

ご飯やパンの食べすぎも厳禁。

これもお腹が膨れやすく、満腹になりやすいとバウマイスター辺境伯が言っていたのである！

「(水も極力飲まないのである！)」

いつもなら、なにも考えずに酒や飲み物も一緒にガブのみしていた。

だがこれも、バウマイスター辺境伯からアドバイスを受けていたのである！

『水は本当に喉が渇いたら、少しだけ飲んでください。大量の水分が胃に入ると、胃のスペースが水分で埋まってしまいお腹いっぱいになってしまいます。胃の中の食べ物が水でふやけるのもよくない)』

バウマイスター辺境伯の言うとおり、水分は本当に喉が渇いた時だけほんの少し飲むことにしたのである！

「(いつもなら少しお腹が膨れてきている量なのに、まだ十分食べられるのである！　ヴィルマ嬢の様子は……）おっとなのである！」

またミスをするところだったのである！

相手の食べるペースの速さに焦り、自分のペースを乱すと本来の実力を出せずに敗北する。

バウマイスター辺境伯から教わったばかりだというのに、某は駄目な男なのである！

「（終始同じペースで食べていくのである！　硬くて咀嚼《そしゃく》回数が多くなるものも駄目なのである！）」

口が疲れてしまって食べるペースが遅くなりすぎると、少ない量でお腹いっぱいになってしまう。

早く食べすぎるのもよくなく、常に一定のペースを保ちながら食べていく。

これも、バウマイスター辺境伯から教わったことである！

「（周囲を一切気にせず、ただひたすらに同じペースで、脂っこいものと甘いものは避けるのである！）」

大食いは自分との戦い。

これまで某は、ヴィルマ嬢のことを気にしすぎて敗れてきたのである！

だが今の某は、特訓の成果もあってこれまでに食べた最高記録を超えた……。

「（まずいのである！　お腹がいっぱいになってきたのである！）」

むむむっ！

ここでやめても優勝……いや！

これまで負け続けたヴィルマ嬢はそんなに甘い相手ではないのである！

「（ズボンのベルトを緩める……まだイケるのである！）」

さらに記録更新に成功したのであるが、またも限界が……。

「(最高記録は大分更新しているのである！　ここでやめても……否なのである！)」

大食いとは自分との戦い。

またしても、それを忘れるところだったのである！

あのヴィルマ嬢に、この皿数で勝てるわけがないのである！

だが、今回の某は過去の大食い記録を大幅に超えているのである！

「(もうひと踏ん張りなのである！)」

某は一時食べる手を止めて立ち上がり、その場で数回ジャンプを始めた。

こうすることで、胃の中で消化中の料理を胃の下部へと落とし、胃の上部に空間を作ってさらに食べられるようにするのである！

「(これだけではないのである！　もう少し……もう少しで……来たぁ――のである！)」

某の最後の切り札。

満腹になった胃袋の下部、バウマイスター辺境伯が言うには胃から腸へと消化したものを送り出す『幽門』が開き、最初に食べたものが腸へと流れ込んでいく。

さらに胃の容量に余裕ができ、これで某の勝ちは決まったのである！

「(今回は自信があるのである！)」

再び同じペースで料理を食べていくと、もうすぐ制限時間なのである！

さすがのヴィルマ嬢でも、今回大幅に食べる量を更新した某には勝てないはず。

とにかく焦らず油断せず、某は最後まで料理を食べきったのである！

「時間です！　食べる手を止めてください！」

正式に時間終了の合図がオーナーより出され……とはいえ、ようやく周囲を見てみれば、みんなもうすでにお腹いっぱいで手が止まった状態だったのである！

「以前の某と同じように、ただ早く詰め込んだ結果なのである！」

だが今回某は、バウマイスター辺境伯指導のもと、時間制限ギリギリまで食べ続けたのである。

「さすがに今度こそ、ヴィルマ嬢に勝てたはずである！」

速やかに各参加者たちの皿が回収、集計されていく。

あとは結果発表を待つのみである！

「大変お待たせいたしました！　これより大食い大会の成績を発表いたします！」

皿数の集計が終わり、壇上に立ったオーナーによる成績発表が始まるのである！

「(不安はなくもないのであるが、今度こそ某は……)」

この一週間、バウマイスター辺境伯のアドバイスどおりに努力した成果は必ず出ているはず。

食べた量も、これまでとは比べものにならないほど増えているのである！

「(必ず、某が勝っているはずなのである！)」

「まずは第三位！　ウイッツさん！　六十七皿です！」

会場より歓声があがった。

彼は優勝候補の一角と言われていた大男であり、順当な入賞と言えるのである！

「(だが！)」

某とヴィルマ嬢には遠く及ばないのである！

「(やはり優勝争いは、某とヴィルマ嬢の間で繰り広げられたのである!)」

「ここにおられるみなさんもすでにご存じと思いますが、優勝争いはヴィルマ様と導師様の二人に絞られました」

正直なところ、某も最初からヴィルマ嬢のみをライバルとし、他の参加者はあまり意識していなかったのである!

事実、優勝と準優勝は某とヴィルマ嬢のみで分け合う結果となった。

「(しかし、優勝と準優勝には大きな差があるのである!)」

某とヴィルマ嬢。

泣いても喚《わめ》いても、どちらかが優勝し、どちらかが準優勝である!

「(今度こそ、某が優勝したはずである!)」

この一週間の努力を思い出しながら、絶対に今回こそは某の勝利だと確信した直後、オーナーが言葉を続けたのである!

「先に優勝者の発表をしたいと思います。優勝は……」

「(某のはず!)」

きっと努力は報われるはず!

それにいくらヴィルマ嬢とて、あれ以上の量は食べられないはず……。

「優勝は二百二十四皿で、ヴィルマ様の圧勝でした!」

「なっ! なんとである!」

そっ、そんなバカな……なのである!

「食べた皿数は、第二位となった導師様の百十皿の倍以上となっております。いやあ、導師様も驚異的な成績だったのですが、ヴィルマ様はそれ以上でしたね。ヴィルマ様、おめでとうございます。賞金の一万セントはなにに使われますか？」

「なにか美味しいものを食べに行く」

「ははは……さすがですね」

あまりのショックに、もはや言葉も出ないのである！

せっかくの大幅な記録更新の嬉しさも消し飛んでしまうほどの衝撃……。

いったいどうすれば、某はヴィルマ嬢に大食いで勝利することができるのか？

某はヴィルマ嬢を祝うどころではなく、ただその場で呆然《ぼうぜん》と立ち尽くすのみであった。

＊　＊　＊

「導師、やっぱりまだ諦めはつかないのか？」

「ブランタークン殿。某はバウマイスター辺境伯の指導で、食べられる量が大幅に増えたのである！次こそは、というやつなのである！」

夕食は、大食い大会を主催したオーナーの招待で、レストランのリニューアルオープン一周年のパーティーで出された料理の数々であった。

わざわざ説明するまでもないが、さすがの導師も食べすぎで夕食には手を出せず、一人チビチビとワインを飲むのみ。

非常に珍しい光景であるが、昼にあれだけ食べれば当然であろう。

大食い大会で鬼気迫る奮闘をしたにもかかわらず、ヴィルマにダブルスコア以上の差をつけられて大敗してしまった。

精神的なショックも大きいはず……いや、導師はメンタルも異常なまでに強かったな。

これからも、大食いでヴィルマに挑んでいくと宣言して、みんなを驚かせていた。

「これから多少食べる量を増やしたところで、ヴィルマの嬢ちゃんには勝てねえよ。今回で実感できただろう？　あれはもう特別だからよ。魔法の世界でもいるじゃないか。『ああ、こいつは天才で勝てそうにねぇな』って奴がよ」

ブランタークさん、どうして俺を見ながらそれを言うのかな？

「ブランターク殿、魔法と大食いはまるで違うものである。次こそはなのである！」

今回もヴィルマに負けたとはいえ、導師は三位以下を大きく引き離して二位だった。

このまま訓練を続ければ、次こそはヴィルマに勝てると本気で思っているのであろう。

随分と意気軒昂《けんこう》なようだが、昼間食べたものの消化が終わっていないようで、なにも食べられずにワインをチビチビと飲んでいた。

「あっ、でも、導師」

「どうかしたのであるか？　イーナ嬢」

「あの……次にヴィルマと勝負しても勝つのは難しいかなって……」

イーナの視線の先には、昼間と同じペースで料理を食べ続けるヴィルマの姿があった。

「導師は昼間の大食い勝負の影響で夕食はなにも食べられないのに、ヴィルマの嬢ちゃんはいつもどおり食べている。確かにこの差はデカイな。導師、これは相当厳しいんじゃねえの」

「なっ!? なんとである！」

さすがの導師も、ヴィルマの回復力の凄さにただ唖然《あぜん》とするばかりであった。

「ヴェル様、美味しい」

「昼間の料理よりも、夕食の方がいい食材を使っていて、高級な料理が多いな」

大食い競争でこの夕食のような料理を出したら、さすがに経費がかかりすぎてしまう。

そこは差をつけて当然であろう。

「確かに、どれも高級料理ばかりである！ しかも美味《うま》そうなのに……うぷっ、である！」

「ヴィルマ、お昼に沢山食べたのに大丈夫か？」

「時間が経《た》ったから、またお腹が空《す》いた」

「導師はそうでもないみたいだけど……」

当然同じ時間を空けているというのに、導師はまだお腹がいっぱいで、ヴィルマはもうお腹が空いている。

確かに、多少導師を訓練したところで、ヴィルマの領域に到達するのは相当困難なはずだ。

「バウマイスター辺境伯！ 明日からも特訓を、である！」

「いやぁ。これは相当に厳しいなぁ……」

今の時点で、導師の胃袋の容量は限界に近い。

これ以上拡張するのは難しいであろう。

「導師、もう諦めませんか？」

「絶対に諦めないのである！」

これ以降も、導師は幾度となくヴィルマに大食い勝負を挑んだのであるが、ただの一度として彼女に勝利できなかったことは記しておこうと思う。

「ヴェル、ヴィルマって食べたものがどこに入っているんだろうね？」

「ヴィルマの場合、胃袋の容量云々《うんぬん》よりも、消化速度がとても速いはず……にしても、説明がつかない部分が多い」

ルイーゼの疑問は、俺は勿論《もちろん》、多分ヴィルマ本人もわかっていないかもしれない。

「ヴェル様、メインの料理がきた。ヴェル様も食べる？」

「一人前は食べる」

「持ってくる」

「ありがとう……」

「次は負けないのである！」

導師ももういい年なんだから、いい加減に諦めた方がいいと思いますよ。

第四話　お忍び

「どこかで見たような気がしたと思ったら、ミズホにあるお店みたいな造りだね」

「実はこのお店、ミズホにある料亭の支店なんだ」

「なるほどなるほど。これは趣があっていいものだ」

「こっそりと利用できるのもいい」

「僕たちは周囲の目も気になるからね」


バウルブルクに新しいお店がオープンした。

ミズホにある高級料亭がバウルブルクに支店を出し、俺はペーターとアルフォンスをそのお店に招待したのだ。

料金は非常に高額だが、個室があるのでプライバシーを守りやすい。

これからは俺が『瞬間移動』で二人を迎えに行き、個室でこっそりと飲み食いするなんてこともできるであろう。

お互いに、皇帝だの、公爵だの、辺境伯だのと、普段は周囲の目もあってなかなか気を抜けない立場になってしまったため、時にはこうして好き勝手に飲み食いしながら、とりとめのない話をする場所が欲しくて作ったのだ。

高級料亭の個室で、偉い人たちが集まってプライベートな時間を楽しむ。

俺もそういう身分になってしまったということだ。

ただそこは俺が企画した店なので、料理には拘《こだわ》らせてもらっている。

料理人も、ミズホ公爵が領内一と太鼓判を押している有名な料理人の一番弟子である。晴れてバウルブルクに暖簾《のれん》分けをしたわけだ。

遠い異国の地で、ミズホ公爵領内の本店と同じ料理を出すのは大変だと思うが、食材の入手にはアキラとその妻であるデリアの実家の鮮魚店も協力していたので、本店と遜色ないミズホ料理を出すことができて評判になっていた。

「今日はどんな料理が出てくるのか楽しみだなぁ」

「聞くところによると、バウマイスター辺境伯領にある牧場でとれた牛の肉を使った料理だそうだね」

「今日は、ミズホ料理のしゃぶしゃぶを存分に楽しんでもらおうと思ってね」

牧場が安定した量の肉を供給できるようになったので、それを用いたミズホ料理ということで、今日はしゃぶしゃぶを食べることにしたのだ。

「かなり凝った鍋だね」

「わかるか、ペーターよ」

「ミズホの職人の作かな？」

「アルフォンスはわかったようだな」

ミズホの熟練職人が、純銅を丹念に叩《たた》いて作ったしゃぶしゃぶ用の高級鍋で、その中にお湯がグラグラと煮え立っていた。

「素人目にも高そうに見えるが、これは一体いくらしたんだ？」

「五千セント」

「高っ！　この鍋ひとつでかよ！」

その値段にエルが驚いていたが、この鍋は熟練の職人が手間暇かけて作り出した逸品だ。

素材を吟味し、鎚《つち》のみで滑らかな丸みを帯びた鍋の形を成形し、外側の装飾も芸術品と呼ぶに相応《ふさわ》しい見事なものだ。

しかも、しゃぶしゃぶまで作れてしまうのだから、そのくらいの値段がしても当然であろう。

実はこの鍋、俺が気に入って購入し、今日のために料亭に持ち込んでいた。

「この鍋、実にいいだろう？　俺も辺境伯になったからな。このような芸術品もちゃんと収集しておかなければ」

「ヴェルは、この前のマロイモを焼く機械といい、料理に関するものなら大金を出すよな」

「文句あるか」

「ないけどさ」

それこそが、貴族の道楽というものだ。

貴族が道楽をするからこそ、世間に沢山のお金が流れて平民たちの懐が温かくなり、それが新しい文化を生み出す原資となるのだから。

「普通の貴族は、芸術品を買い集めたりとかするんだけどね。まあこれも芸術品みたいなものだし、たとえそれが調理器具でも、ヴェンデリンらしくていいんじゃないのかな」

ペーターの言うとおりで、このくらいの贅沢《ぜいたく》は構わないであろう。

「みんなが同じものを集めても面白くないからね。どうせ大半の貴族たちは、芸術品の良《よ》し悪《あ》しなんてわからないのさ。私だって、懇意にしている美術商に勧められるまま美術品を購入するからね」

さすがは我が親友たちだ。

実に俺のことをよくわかってくれている。

アルフォンスにしても、芸術品、美術品の類《たぐい》を集めるのは半ば義務からで、趣味というわけではないらしい。

御用商人から言われるがまま購入したとしても、大損をするなんてことはないだろうからな。

偽物の美術品など売りつけたら、その商人の信用は地に落ちるどころか潰《つぶ》れかねないのだから。

それに、ちゃんとした美術品ならいざとなれば換金もできる。内乱の時もそうやって戦費を捻出した貴族たちは多かった。

「そのうち、エルヴィンのところにも美術商がやってくるんじゃないかな？　なにしろバウマイスター辺境伯家の重臣なんだから」

ペーターの想像どおり、確かに最近、エルの屋敷に訪問する商人の数は増えていた。

エルは辟易《へきえき》しているようだが。

「俺もハルカさんも、剣や刀にしか興味がないので買わないですよ」

「宝剣も美術品みたいなものだろう？」

「陛下、剣や刀ってのは機能性があってこそですよ。使ってナンボの世界です」

「ゴテゴテした装飾が付いてなくても、優れた名工の剣や刀は高いからね。エルヴィンが集めているとなれば、それは勢いのある貴族の重臣のコレクション、みたいな評価を世間からされるのさ。そのうち、剣や刀を持った商人がやってくるんじゃないかな。ドサクサに紛れて、とんでもない偽物を売りつけようとする奴も出てくるだろうけどさ」

「引っかからないようにしますよ」

大貴族の重臣ともなれば、その辺の小貴族よりも羽振りがいい。

それを狙って、胡散《うさん》臭い商人たちが押しかけるのはよくあることだな。

「かくして、結局みんな御用商人を抱えることになるのさ。なるべく多くの商人たちから平等に買ってあげたいっていう気持ちはわかるんだけど、それをやるとどうしても一定数悪事を働く人間が交じってしまうからね」

地球でもよくある話だからな。

指名入札を批判して自由入札にしたら、安く入札した業者からとんでもない不良品を納品されたとか。

まさに安物買いの銭失いというわけである。

信用できる御用商人ならそんなことにはならないからな。

もしそんなことをしたら、御用の文字が外れてしまう。

アルテリオだって、細心の注意を払ってうちと取引しているのだから。

「俺とハルカさんは、ちゃんと相談してそういうものを購入しているから。ヴェルはエリーゼに叱《しか》られているかもしれないけど」

「別に叱られはしないさ」

だって、屋敷に飾る美術品を商人が定期的に持ち込んでくるけど、よくわかんないから全部エリーゼに任せているのだから。

「お前も選べよ」

「だってわかんないんだよ。そしてなぜかエリーゼはわかるんだ」

もし俺が自分で選んだ結果、偽物を掴《つか》まされたら、『こいつ、貴族のくせに芸術品の審美眼がなくて、騙《だま》されて偽物買わされてやんの』とかバカにされそうだから嫌だ。

「金出して、バカにされるなんてやってられるか」

美術品を見て、それが本物か偽物かなんてわかるわけがない。

なぜかエリーゼはわかるので、ここはもう適材適所でいこうと俺は思うのだ。

「エリーゼって、マジで凄《すご》いのな……」

美術品の作者やその経歴、評価などにも詳しかった。

なにしろ俺は元日本のサラリーマンだから、この世界の美術史なんてチンプンカンプンなのだから。

冒険者予備校で教えてくれるわけがないしな。

「エリーゼさんも美術品の真贋《しんがん》についてはわかってないと思うよ。美術品の偽物って本当に性質《たち》が悪いからね。それを見分けることができる優秀な御用商人を彼女が選んだってことじゃないかな」

「そうなのか」

俺はてっきり、某鑑定番組に出てくる先生たちみたいに美術品の真贋がわかるのだとばかり思っていた。

「ごく一部、好きだから勉強して本業よりも詳しくなっちゃうような貴族もいるけど、わからない貴族の方が圧倒的に多いんじゃないかな」

「そんなものなのか」

「美術品の類は、御用商人か、つき合いが長い美術商が持ち込むのが普通でね。貴族は値引きもしないで言い値を支払うけど、それはつき合いが長い御用商人や美術商を信用しているからというのもある」

信用買いかぁ……。

確かに、アルフォンスが美術品に詳しいとは思えないからなぁ。

「わざとじゃなくても偽物を売ってしまって、それが露見して出入り禁止にされる商人もいるからね。向こうも必死なんだよ」

ペーターが続けて説明するが、偽物の美術品なんて売りつけたらそれは取引を中止されても文句は言えないか。

それが故意かそうでないかなんて、まさに悪魔の証明なのだから。

「商人が故意に偽物を売りつけることはほとんどないね。自分も気がつかなかったというケースが多い。それでも偽物を売ってしまったのは事実だからね。商人もいろいろ大変なんだよ」

美術品の真贋は、プロでも間違えることがある。

太客である貴族に間違えて偽物を売ってしまい、大切な取引先を失ってしまうこともあるのか。

「エルが、俺を支えるために美術品の勉強してもいいけど」

「あはは、パス。肉をしゃぶしゃぶしよう」

話はこの辺にして、薄く切られた牛肉を箸で掴みながら沸騰したお湯に入れ、軽く揺らして肉に火を通していく。

赤いお肉は熱で変色し、まだほんの少しピンク色が残っているその瞬間。

お肉をお湯の中から取り出し、タレにつけて食べると最高に美味《おい》しいのだ。

「タレは、この料亭の料理人が作ったポン酢とゴマダレだ。お好みで、アサツキと紅葉オロシを加えても美味しい」

久々にしゃぶしゃぶを食べるが、これはいいな。

バウルブルクの気候的に、すき焼きよりもしゃぶしゃぶの方が合っているようだな。

「この方法だと、お肉がさっぱり食べられて美味しいね」

「鍋は、寒い地方で人気があるからね。私はゴマダレが気に入ったな」

「僕はポン酢かな？」

「俺はゴマダレだな」

アルフォンスとエルはゴマダレ、ペーターはポン酢が気に入ったようだ。

「ヴェンデリンはどうだい？」

「俺はこうする」

これは裏技だが、ゴマダレとポン酢を混ぜて使うという手もあるのだ。

両方のいいところを生かせるわけだな。

「そうかな？　どっちつかずで中途半端になりそう」

「私もペーターの意見に賛成かな」

「交互に食べた方が美味しくないか？」

しかしながら、俺が前世でよくやっていた食べ方は、ペーターにも、アルフォンスにも、エルにも不評であった。

こちらの世界では、中途半端なのはよくないのかもしれないな。

文化的土壌の違いかもしれない。

「ペーター、野菜と豆腐、白滝も美味しいぞ」

「美味しいけど、でもまあこういう時はやっぱり肉だよね」

「肉だな」

「ヴェル、肉を追加するぜ」

みんなで大量の肉を食べると、次第にお腹いっぱいになってきた。

「あとはデザートかな？」

「デザートだけど、別の店に行こう。いいお店があるんだ」

そのまま四人で料亭を出た。

ここの代金はツケにしており、月末に料亭の人が屋敷に取りに来ることになっていた。

こういうことをすると、俺も貴族になったんだなあという実感が……いちいち現金で支払うのが面倒臭いというのもあった。

特にこの世界には紙幣などなく、クレジットカードや電子マネーもないからだ。

「次はこのお店だ」

「わかりにくい場所にあるねぇ」

「だからいいのさ」

裏通りだが、治安が悪いようには見えない。

先ほどの料亭もそうだが、これから行くお店も金持ちや身分の高い人たちがお忍びで使うお店ということだ。

こういうこともあろうかと、バウルブルクの都市計画を立てた時、ローデリヒの反対を押し切ってこの区画を確保しておいたのだ。

「いらっしゃいませ」

「奥の部屋を」

「かしこまりました」

店内はレトロな喫茶店といった雰囲気であったが、特別料金で個室を借りられるお店であった。

「コーヒーとデザート類、軽食なんかもあるんだね」

「肉を沢山食べたから、フルーツの盛り合わせと、あとは好きな飲み物を頼もう」

「ヴェンデリン、どのメニューも随分といい値段だね」

「普段なら注文を躊躇《ちゅうちょ》するな。今日はヴェルの奢《おご》りだからいいけどさ」

「それはそうさ。だってこの店は会員制なんだから」

会員以外の人間を入れないようにする以上、客数は減るのだから、その分メニューは高額になるし会費もかかる。

その代わり、他の人に気がつかれず、静かにコーヒーやデザートを楽しむことができるわけだ。

「魔の森産フルーツの盛り合わせと、飲み物をお持ちしました」

若い男性店員は注文した品をテーブルに置くと、すぐに部屋を出ていってしまった。

「魔の森のフルーツは、今、帝国でも人気があるからねぇ。高いけど」

「輸送費の分、仕方がないね。バナナが美味しい。フィリップ公爵領だと本当に手に入らないんだ」

「これで二百セント……」

「俺も気持ちはわからんでもない」

俺の前世は、どこにでもいるサラリーマンだったからな。

ただ、このぐらいの値段にしないとこのお店の経営が成り立たないのだからしょうがない。

「さっきメニュー運んできた店員だってさ、この店には領主様やその客である他国の皇帝陛下や公爵様が通っているんだ、なんて口外されたら店の信用をなくすから、口止め料代わりにいい給金を出さなければいけないのさ」

同じようなものを出しているはずなのに、どうして値段に大きな違いがあるのか？

サラリーマンの頃にはよくわからなかったが……いや、知識では知ってたんだ。

実感がなかっただけで。

こうやって貴族になったら理解できてしまうとは、なんとも皮肉な話ではあるけど。

「このフルーツ、冷えていて美味しいね。カットの仕方も上手だから、フォーク一本で簡単に食べられるよ」

「コーヒーも、いい豆を使ってるね」

「マテ茶は、森林マテ茶じゃないか」

「その代わり、一杯二十セントですけどね」

一杯二千円の飲み物。

まるで高級ホテルみたいだな。


「美味しかったね、ヴェンデリン。次はどうしようか？」

「一杯やろうか？　ここにいる四人に大酒飲みはいないし、本当に一杯飲めればいいのさ」

「じゃあ、ここだな」

俺は、路地裏の建物の二階にある看板すらないお店へと入った。
二、三人先客がいるようだが、店内が暗いので誰だかわからない。
それは向こうも同じなんだけど。

「いらっしゃいませ、なにになさいますか？」

「お任せで一杯だけ人数分」

「かしこまりました」

「ヴェル、お任せでいいのか？」

「いやだって、よく知らんし……」

地球のお酒ならそこそこ詳しいんだけど、この世界のお酒はよくわからない。

俺はブランタークさんじゃないからな。

一杯だけだし、ここは秘密の隠れ家的なバーでとてもいい店だという評判を聞いていた。

残念ながらこれまでの人生においてバーという存在との相性が悪く、一人で行っても仕方がないので今夜が初めての来訪なのだ。

「どうぞ」

出てきたお酒は、最近バウマイスター辺境伯領で生産量が増えているサトウキビの廃糖蜜を原料にしたラム酒モドキに、魔の森産のレモンに似た柑橘類《かんきつるい》の果汁を混ぜたものであった。

シェイカーで振らないロングカクテルっぽいものだと思う。

「スッキリした飲み口で美味しいね。帝都でも、探せばこういうお店あるかな？」

「ヴェンデリンは今の立場と生活を見越して、事前にこういうお店を作らせておいたのかい？」

「まあな」

だって、大貴族なんてやってるとストレスが溜《た》まるから。

この店は初めて使ったけど、現在のバウルブルクはとても景気がいいので、こういう強気なお店を作っても、ちゃんと常連客がつくのだ。

値段や雰囲気もあって、あまり変なお客さんも来ないし、会員制で本当に限られた人しか入れないお店もある。

こういうお店が集まったエリアがあった方がいいと思うのだ。

「なるほどね。僕はヴェンデリンに統治能力で負けてるとは思っていないけど、君は面白いこと考えつくよね」

「安心しろ。こういうお店が集まるエリアを作ったところで、特になにか役に立つわけでもないから」

ただ俺が、こういう時に利用できる隠れ家を作りたかっただけなのだから。

「私も作ろうかな？　こういうお店」

「それいいね、アルフォンス。僕も作ろうかな」

「俺はそこまで注意する必要はないので」

「いいよね、エルヴィンは……というわけにもいかないいんじゃないの？　バウマイスター辺境伯家の重臣さん」

「ええ、まあ……」

色々あって随分と遠くまで来てしまったような気もするが、今さら引き返すわけにもいかない。

せっかく金を稼いだのだから、心休まる隠れ家を作るしかないよな。

「ヴェルの場合、他の貴族と違って隠れて愛人作るとかそういうのないもんな」

「それはそうだ。僕なんてエメラだけでも結構大変なのに、ヴェンデリンは凄いよね」

「私も三人の妻たちに組まれて、一気に劣勢に陥ることもあるからね。ヴェンデリンは本当に凄いよ」

「俺ももうすぐレーアと結婚して奥さんが三人になる。三人って凄いなって思うけど、ヴェルを見ているとと感覚がマヒしてくるんだよなぁ」

「……それは褒められているのか？」

「「褒めているさ」」

なんか釈然としない部分もあるが、それから暫《しばら》く、俺たちはチビチビとロングカクテルを飲みながら取り留めのない話を続けるのであった。

「みんな思わないか？　そういえば小腹が空《す》いてきたと」

「そう言われると、またなにか食べたくなってきたね。いつもはこんな時間になにか食べると、エメラに怒られるけど」

「ペーターは、見事に奥さんの尻に敷かれてるな」

「エメラは、僕の健康状態が心配なだけだから」

「それもあるんだろうけどねぇ……たまにはいいでしょう。ここだよ」

すでに日付も変わり、三軒の店をハシゴしてきた俺たちは、目立たない場所にある屋台の前に立っていた。

「ヴェンデリン、美味しいのかい？」

「なかなかに評判はいいらしい」

ペーターの問いに答える俺。

お酒を飲んだあと、とくれば、これはもう締めのラーメンしかないでしょう。

元々はこの世界になかったラーメンだが、俺が醤油《しょうゆ》や味噌《みそ》を世間に普及させると、それを使ってラーメンっぽいものを作る料理人が増えていた。

元冒険者であったダットマンがガッツリ系のラーメンを作り出しそれを皮切りに、いろいろ工夫してラーメンっぽいものを作る料理人が増えていた。

この屋台の主《あるじ》もその一人で、彼は歓楽街の一角にラーメンの屋台をオープンさせ、多くの常連客を掴んでいた。

「ショウユ、ミソ、シオの汁ありフォー？」

この世界にラーメンという料理名はないので、『汁ありフォー』などと呼ばれていた。

日本で言うところの、オーソドックスな醤油、味噌、塩ラーメンを出してくれる屋台なのだ。

丁寧にスープを作っているが、お酒を飲んだ人向けなので、あっさりとしたスープと食べやすい麺が特徴の、いわゆる夜鳴きそばであった。

「いらっしゃいませ」

「おっちゃん、俺は醤油ね。みんなどうする？」

やっぱり、ラーメンは醤油だよな。

「僕はシオにしようかな」

「私はミソで」

「俺はショウユだな。麺は固めで」

「あれ？　エルもこの屋台を知っていたのか」

「たまに夜遅くまで仕事があるとな。ちょっとお腹空くから、ここでよく食べているんだよ」

エルは警備隊の仕事もしているので、たまに仕事終わりが夜中になることがある。

そんな時に、同僚たちとここの汁ありフォーを食べていたようだ。

「へい、ショウユ二つ、シオ一つ、ミソ一つお待ち」

「「「いただきます！」」」

そんなにいっぱい飲んだわけじゃないけど、お酒を飲んだあとのラーメンは美味しい。

あまり体にはよくないのだろうけど。

「これは美味しいね」

「今度、料理人に作らせようかな」

「いつ食べても美味しいな。ここの汁ありフォーは」

俺たちは真夜中のラーメンという、禁断の味を心ゆくまで楽しんだ。


「今日は楽しかったね」

「ヴェンデリン、また誘ってくれ」

「そうだな。定期的にこういう集まりがあると面白いもんな」

「帝国の皇帝も大変なんだよ」

「フィリップ公爵もな」

「大貴族の重臣だって大変だ。元は貧乏貴族の五男なんだから」

「バウマイスター辺境伯だってな。だからこういう集まりは必要なのさ」

なんとなく行き当たりばったりで計画した集まりだったが、考えてみたら俺は『瞬間移動』で簡単に送り迎えができるから、思っていたよりもハードルは高くなかった。

まさに『案ずるより産むが易《やす》し』だな。

「またこういう機会を設けようぜ」

「そうだな。なんかこうやって男だけで集まるのも楽しいな。お店のチョイスも大人な感じで、ブランタークさんにでもなった気分だ」

「家族と過ごすのもいいけど、たまにはこうして男だけで楽しむってのもいいな」

仕事に疲れてこういう癒《いや》しを必要とするのは、サラリーマン時代と大差ないかもしれないけど。

無事にペーターとアルフォンスを送り届けたあと、俺とエルは、これからも定期的にこういう集まりを開こうと固く決意するのであった。


「なあ、ヴェル」

「なんだ？」

「気のせいかもしれないけど、俺たちってなにか忘れてるような気がしないか？」

「そうか？　気のせいだろう」

なにか忘れているかもなんて思ってしまうと、なにもなくてもなにかあるような気がしてしまうのが人間の性《さが》だ。

明日からはまたスケジュールが埋まっているので、早く屋敷に戻って寝てしまうことにしよう。

＊　＊　＊

「以上です」

「そうか……バウマイスター辺境伯たちはなにか話していなかったか？」

「なにか？　ですか？」

「お前から見て、なにか気になることだ」

「はあ……気になるですか……話の内容に特に不穏なものなどはなく、『ああ、忙しくて疲れてるんだなぁ』といった内容ですね。実はそれが暗号で、彼らがヘルムート王国への侵略を意図している……ということはまずないと思いますけど」

「さすがにそれはないだろう。じゃなくてだな。『次からは誰を誘おうかな？』とか、そういう話だ」

「導師様、ブランターク様、ブライヒレーダー辺境伯様とかは話題に出ていました。ですが、特段殿下が気にするようなことは……」

「そうか……もういいぞ」

「はっ！」


私が雇っている密偵が、バウマイスター辺境伯、エルヴィン、ペーター陛下、フィリップ公爵がバウルブルクの歓楽街で秘密の会合を開くという情報を掴んできた。

早速探らせたのだが、なんと羨《うらや》ましい。

他人に知られないよう、個室のあるミズホ風高級レストランで、珍しく美味しい料理に舌鼓を打ち。

デザートは別のお店に行って、魔の森産のフルーツを存分に楽しみ。

隠れ家的な酒場に入って、酒を飲みながら楽しそうに友人同士の会話に没頭し。

最後に、最近王都でも増えているらしい屋台で汁ありのフォーを食べて締めとした。

その報告を聞くだけで私は思うのだ。

なんて羨ましいのだと！

というか、その集まりになぜ私は誘われないのだ？

アーカート神聖帝国の皇帝とフィリップ公爵は誘われたのに、なぜヴェンデリンの親友たるこの私が？

こう言うと嫌な奴と思われるかもしれないが、私はヘルムート王国の次期国王。

バウマイスター辺境伯たるヴェンデリンの主君だというのに……。

これはなにかの間違いなのでは？

しかも密偵の報告によると、これからも秘密の会合は定期的に開かれる可能性が高いらしい。

会話の中で新たに誘われそうな人の候補としてあがったのが、導師、ブランターク、ブライヒレーダー辺境伯？

なぜ私が入っていないのだ？

皇帝とフィリップ公爵は、先の帝国内乱において共に命をかけて戦った戦友同士なので、今回は仕方がないと思うことにしよう。

だが、次こそは私が誘われないとおかしいのではないか？

彼らは高い地位と重い責任があり、ストレスを発散させるべくこのような会合を開いたのだということは理解できる。

ここに王太子という重責と日々戦っている私という存在がいるのに、どうしてヴェンデリンは私を誘わないのだ？

「なぜ……そうか！」

今回は初めてのことなので、もし私を誘ってなにか不都合があったら、とヴェンデリンは考えてしまったのかもしれない。

父によると、彼は意外と慎重な人間らしいからな。

なにもそのような気を使わなくてもいいのに、ヴェンデリンは真面目な男だ。

だからこそ、信用できる人物なのだけど。

「となると……。次の集まりでは……」

初回の反省点を生かし、次の会合はさらに素晴らしいものとなるはず。

「そこに、サプライズで私が招待されるのだな！」

そういうことか！

ヴェンデリンめ、私を驚かせおって！

「そうだよな。私だって、日々色々と大変なのだ。ヴェンデリンだってそれを理解してるはず。ようし、今のうちに準備しておかなければ！」

もしヴェンデリンから誘われた時、どうしても外せない仕事や用事などがあったら堪《たま》ったものではない。

いつ彼から誘われても大丈夫なように、早めに片付けられる仕事や用事はとっとと終わらせてしまうことにしよう。

「頑張るぞ！」

私は憧れていたのだ。

あのように、身分や立場を気にせず友人同士で食事や飲みに出かけたりして、外でお金を払うという行為に。

ごくたまにお忍びで外のお店を利用しても、支払いは私の財布を持っている家臣たちが勝手にやってしまうからな。

さらに飲食ともなれば、手間暇かけてあって美味しいとはいえ、専属調理人が作る料理しか食べられない。

万が一にも毒殺される可能性があるからだが、これがお忍びならば制約もない。

特にヴェンデリンは食にうるさいから、きっと私を楽しく美味しいお店に連れていってくれるはずなのだから。


さあ、今日も頑張って仕事をこなさなければ。

第五話　親戚づき合い

「ということなのだが、構わないかな？　バウマイスター辺境伯」

「はい。喜んで伺わせていただきます」

「ヴァルドの強い希望でな。余の孫でもあり、次の次の王となるアキウスと、その婚約者であるそなたの娘との顔合わせをしたいそうだ。もっともアキウスはまだ三歳。そなたの娘は、一歳にもなっておらぬがな」

「二人の記憶に残るかどうかわかりませんが、ヴァルド殿下としては早く二人の顔合わせを済ませ、アキウス王子の婚約者を諦めの悪い宮廷雀《すずめ》たちに認知させたいのかもしれません」

「そうなのかもしれないな。ヴァルドと違い、アキウスには正妻として娘や孫を押し込みたいと思っている大貴族たちが多くてな。王城内で隙《すき》あらばと企《たくら》んでおるわ」

「（それって、ヴァルド殿下は自分たちの娘や孫の婚約者候補としては駄目だったってこと？　そういうことを考えるのは家臣としてよくないかな）顔合わせの準備は進めておきます」

「頼むぞ、バウマイスター辺境伯。そなたの娘はまだ小さいからな。母親にも伝えておいてくれ」


所用で王城に行ったついでに陛下に謁見《えっけん》したら、今度、陛下の孫で次の次の王になるアキウス王子と、その婚約者である俺とイーナの娘アンナとの顔合わせをしたいと頼まれてしまった。

ヴァルド殿下の発案らしいが、噂《うわさ》ではアキウス王子は大貴族たちにとても人気があるということだ。

是非、自分の娘や孫をアキウス王子の正妻にしたいと。

だが、陛下とヴァルド殿下の本命はうちのアンナであり、それを大貴族たちに知らしめるため、今回の顔合わせが計画されたようだ。

知り合いの子供同士の顔合わせをするだけなのに、王族ってだけで大変なものなのだな。

一歳にもなっていないアンナにはまだわからないと思うけど、顔合わせをさせたという事実が大切なので、覚えてなくても問題ないということらしい。

どうせ、もう少し大きくなったら定期的に一緒に遊ばせると、ヴァルド殿下も言っていたのだから。


「というわけです」

「……私?」

「イーナちゃんはアンナのお母さんだからね。仕方ないね」

「ルイーゼ、自分じゃないからって……」

で、かなり不幸なのは、アンナの母親であるイーナというわけだ。

本当なら、彼女が産んだ子が王子様の正妻になどなれるわけがないので、イーナがアンナを連れて王城に出向く必要なんてないのだから。

「エリーゼでよくないかしら?」

まあ、イーナでなくてもそう考えるよな。

エリーゼなら俺の正妻だから、王城に行っても違和感はない。

「アンナが可哀想《かわいそう》なので、お母さんが一緒にいてあげた方がいいと思います」

「正論すぎる……」

でもその正論を一切の打算なく言えてしまうのが、エリーゼという女性なのであった。

エリーゼは百パーセント善意でそう言っていて、王城に行くことが決まったイーナが困惑している。

世の中とは、実に儘《まま》ならないものである。

「ヴェル、もう緊張してきたわ」

「そのうち慣れると思うよ」

俺だって最初は、王城に行く度に緊張していたものだ。

根が小市民なのだから仕方がない。

ただ、徐々に王城に出向く回数が増えていくと、その度に緊張していたら心身ともにもたないと、自然に体と心が、緊張をカットしてしまうようになったのだ。

「どうせこれからも、アンナを連れて度々王城に行かないといけないわけで。そのうち慣れるよ」

「そのうちっていつ頃？」

「はっきりとは言えないけど、早ければ二回目の顔合わせの時には？」

こういうのは、個人差があるからな。

「最初のうちはアンナもよくわからないし、赤ん坊で疲れやすいから長時間滞在するってことはないだろう。アキウス王子も子供だからな。だから緊張に慣れやすいと思う」

同時にこう考えた。

アキウス王子が子供ならば、日本人サラリーマン的気遣いの人である俺は、彼が喜びそうなお土産を持っていった方がいいはずだと。

なにも持たないで行って間《ま》がもたないと小市民である俺は死ぬからという、最大の理由も裏には隠されていたけれど。

「アンナは寝ているだけだし、みんなの気を惹《ひ》くような贈り物があれば、俺もイーナも注目を浴びなくていいかもよ」

「それもそうね！　ヴェル、いいアイデアだわ。ありがとう」

イーナが喜んでくれたようでよかった。

「それで、どんなものを持っていくの？」

「この場合、アキウス王子が喜びそうなもんだろうね」

「でも、アキウス王子ほどの方なら、珍しいものを沢山貰《もら》っているのではないかしら？」

「それはあるかもな」

前に導師から聞いたことがあるけど、アキウス王子が生まれた時、多くの王族や貴族たちがお祝いを持ってきたそうだ。

となると、下手なものを持っていくとダブってしまう可能性があった。

「なにかないかな？」

「あなた。昨日工房の方から連絡があった、フリードリヒたちにプレゼントする予定のアレでよろしいのでは？　フリードリヒたちは、今のアキウス王子くらいの年齢になるまでよくわからないでしょうし」

「それもそうだな。アレならきっと、アキウス王子も喜んでくれるだろう」

「そして、私とヴェルに注目が集まらないわけね」

「アレが一旦《いったん》作動すれば、もうアレしか目に入らなくなってしまうから」

この世界にはなかったものだけど、俺がそれの魔道具バージョンを懇意にしている工房に作ってもらったのだ。

「先にちょっと試験をしてから、アレを持っていってお披露目すればいいだろう。アンナはもう少し大きくならないとわからないからなぁ」

「そうね。アンナたちにはまだ早いわね」

「アキウス王子は大喜びだろう」

というわけで数日後。

俺とアンナを抱いたイーナは、アキウス王子に渡す贈り物と共に、『瞬間移動』で王城へと移動するのであった。

＊　＊　＊

「ヴェンデリン、今日はわざわざすまないね」

「せっかく婚約をしたのですから、両者の顔合わせは必要ですしね」

「そうだな。本人たちのみならず、その家族も仲良くした方が将来のためなのだから」

「(ヴァルド殿下って、なにがなんでもヴェルを名前で呼びたいのね)」

「(そうみたい)」


アンナとアキウス王子との初顔合わせの日。

王城内にあるヴァルド殿下の部屋に向かうと、そこにはアキウス王子と、アンナと同じくまだ一歳になっていないマリアンヌ王女が俺たちを待っていた。

彼女はフリードリヒの婚約者なのだけど、今回は対面の予定がない。

その時には、ヴァルド王太子がマリアンヌ王女を連れてフリードリヒを訪ねるのが筋なのだそうだ。

俺からすればよくわからない理屈だ。

向こうがそう言う以上、仕方がないのだけど。

「バウマイスター辺境伯、いや義父上《ちちうえ》、ようこそおいでくださった」

「「……」」

アキウス王子はまだ三歳にもかかわらず、えらくしっかりした子供であった。

「(うちのフリードリヒも賢いから、きっと同じようになる)」

「(そこで無理に、親バカで対抗しなくてもいいわよ)アキウス王子、娘のアンナでございます」

「僕の奥さんになる子だね、よろしく」

アキウス王子がアンナに挨拶をするが、やはりまだよくわかっていないようだ。

すぐに、イーナの胸の中で眠り始めてしまった。

「すみません」

「いや、私が無理を言ったのだから。それに、赤ん坊は寝るのが仕事だからな」

えらく物わかりのいいヴァルド殿下であったが、それならアンナがもう少し大きくなってから初顔合わせをしてほしかった。

「無事に顔合わせも終わったことだし、お茶にでもするか」

王族や貴族といえばティータイム。

お茶は向こうが用意したが、お菓子はこちらが用意することになっていた。

それこそが、アキウス王子へのプレゼントである例のアレというわけだ。

「頼むぞ」

「はっ！」

俺は、連れてきた使用人にアレのセッティングを命令した。

「なにやら、変わった趣向があるという話だったな。アキウスと妻がとても楽しみにしていてね」

「まあ見てのお楽しみというわけですよ」

使用人からプレゼントのセッティングが終了したという報告が入ったので、念のためにもう一度確認してから、ヴァルド殿下たちをティータイムが行われる王城のバルコニーに迎え入れた。

「これは……」

「まあ、凄《すご》い」

「義父上、凄いですね。溶けたチョコレートが滝になっています。凄ぉ――――い！」

ヴァルド殿下と奥様は勿論《もちろん》、アキウス王子もプレゼントを大いに気に入ってくれたようだ。

俺がアキウス王子に用意したプレゼントというのは、日本の飲食店でよく見かけるチョコフォンデュ専用の『チョコファウンテン』であった。

地球にあるチョコファウンテンは電力で動くが、これは魔力で動く魔道具で、俺が懇意にしている工房に何度も試作をさせながら、先日ようやく完成にこぎ着けたのだ。

王族にプレゼントするものなので、装置の高さは一メートル以上にしている。

最低でもこのぐらいの高さはないと、パーティーなどで使えないからだ。

俺としても、フリードリヒたちの誕生日パーティーに使うため、この高さは必要かなという結論に至っていた。

もっとも基礎設計は完了しているので、必要とあらば大小様々なチョコファウンテンが作れるようになっているのだけど。

「贅沢《ぜいたく》なものだね」

魔の森で採取されるカカオを原料に作るチョコレートであったが、最近はリンガイア大陸中に普及しつつあるものの、やはりかなり高価なお菓子であった。

それが滝のように流れているのだから、ヴァルド殿下が贅沢だと思って当然なのだ。

「アキウス王子、これは『チョコフォンデュ』というお菓子を食べるための装置です」

「チョコフォンデュ？　どんなお菓子なんだろう？」

「テーブルの上のお皿に、カットしたパンやスポンジケーキ、マシュマロ、フルーツなどを用意しました。これを串に刺し、こうやって溶けたチョコレートを纏《まと》わせていくのです」

あとは、溶けたチョコレートでコーティングし終わった食材を食べるだけである。

チョコフォンデュ自体は、そこまで手間のかかったお菓子ではないからな。

実はこの世界にはオイルフォンデュも存在していて、以前それを食べてこのチョコファウンテンの製作を思いついたのだ。

「こうか。これは楽しいな」

アキウス王子は、チョコフォンデュがとても気に入ったようだ。

次々と串に刺した食材に溶けたチョコレートを絡ませていき、とても美味《おい》しそうに食べていた。

「このような料理は初めて食べます。美味しいだけでなく、楽しみながら作れるのがいいですね。ティータイムやパーティーでは盛り上がりそうです」

奥様にも気に入ってもらえてなによりだ。

「素晴らしい贈り物をすまないね、ヴェンデリン」

「使い方と掃除の仕方はあとでお教えします。大量のチョコレートを手に入れればいつでも使えますよ」

「確かに、パーティーで使えば盛り上がりそうだな」

アキウス王子とアンナとの初顔合わせはチョコフォンデュの話題に終始したが、二人からすれば、将来の婚約者などと言われても今はまだよくわからないだろうし、これでいいと思うのだ。

「ふう……思ったよりも緊張しないでよかったわ」

「そうだね」

「ヴェルは慣れているんじゃないの？」

「それは表面上そう見えているだけで、俺だって元々は貧乏貴族の八男なんだから」

王太子殿下とその家族に会って緊張しないわけがない。

「つまり、チョコファウンテンは緊張隠しの大切なアイテムというわけだ」

「もの凄く助かったわ」

「まあもう一つ、目的があるんだけど……」

「もう一つ？」

「そう、もう一つ」

それは、もう少し時間が経《た》てばわかることだと思う。

＊　＊　＊

「お館《やかた》様、このところ魔の森産のカカオと、うちで加工しているチョコレートの売り上げが大幅に上がっております。なんでも、最近の王都ではチョコフォンデュなる料理が大変に流行しているそうで……。特別な魔道具が必要なのだそうですが、こちらの方も生産が追いつかない状態だそうです」

「ヴェル、もしかして……」

「せっかくヴァルド殿下に贈り物を持って挨拶に行ったんだからねぇ？」

「『ねぇ』と言われても……ヴェルって商人になっても成功したと思うわ」

「イーナ様、それは私も思います」

ヴァルド殿下にチョコファウンテンを贈った効果は大きかった。

存在感がないなんて言われていても、彼はその立場上、多くの貴族たちを呼んでパーティーなどを開く機会も少なくない。

そこでチョコファウンテンを使ったチョコフォンデュを振る舞えば、欲しくなって購入する貴族たちが増えて当然。

情報を聞きつけた飲食店だって、お客さんを呼べるのでチョコファウンテンを欲しがるようになる。

実際にこれを導入したお店には多くのお客さんたちが詰めかけており、魔道具ギルドも大忙しだと聞いた。

「チョコファウンテン自体は、簡単な仕組みの魔道具と部品の組み合わせでしかない。別に魔族の国でなくても製造はできるわけだ」

「ヴェル、もしかして……」

「こういう工夫で凌《しの》いで、その間に魔族が作った魔道具を研究して技術力を上げてくれればいいんだけどねぇ……魔道具ギルドも」

カカオとチョコレートの販売でバウマイスター辺境伯家の利益を確保しつつ、同時に魔族の国との外交交渉を邪魔している魔道具ギルドへの対策でもあったわけだ。

ただ、魔道具ギルドの頑《かたく》なな態度を見ているとあまり期待はできないのだけど。

＊　＊　＊

「バウマイスター辺境伯、ただの成り上がりのくせに！」

最近、ヴァルド殿下がバウマイスター辺境伯ばかり気にされて困ってしまう。

あのような、たまたま魔法が使えただけの元貧乏騎士など、ヴァルド殿下ほどのお方が自ら相手する必要などないのだ。

大体、陛下も陛下だ。

神聖にして尊い王家の家系に、元貧乏騎士の子を加えるなど。

これまで綿々と続いてきたヘルムート王家の権威を落とすことになりかねない。

「バウマイスター辺境伯め、調子に乗りおって！　だがな……」

我ら代々王城に集う、ヘルムート王国の藩屏《はんぺい》たる尊き法衣貴族たちを甘く見てはいけない。

バウマイスター辺境伯が力ある外戚として、ヘルムート王国の実行支配を狙っていることなどとっくに見抜いている。

これまで、ヘルムート王国にそのような輩《やから》が一人もいなかったわけもなく、その際には我らのご先祖様たちが多大な苦労をしながら、そういう輩を排除してきたのだから。

「次はこの私ベッカー子爵が、ヘルムート王国の正義の騎士としてバウマイスター辺境伯を王城から追い出してくれようぞ！」

きっとそんな私の覚悟を見て、それに続く愛国の士たちも多数現れるはずだ。

これより、私は修羅の道へと入る。

神よ。

この私にあなたのご加護をお授けください。

＊　＊　＊

「……へえ、よくできた物語ですねぇ……」

「まあ、辺境伯様がその話を聞いたらそう思うよな」

「俺はむしろ、王城とは距離を置きたいんですけど……」

「それはまず不可能である！　陛下とヴァルド殿下が、それを絶対に許さないのである！」

「ですよねぇ……」

「それでベッカー子爵は、勝手に自分のことを奸臣《かんしん》を排除する正義の騎士だと思い込んでいるわけだ。人ってなかなかわかり合えないよな」

「別にわかり合えなくてもいいんですけど、せめて誤解しないでほしいなぁって」

「それが難しいから、人間は争い続けるしかないのさ」

「ブランタークさん、そんな本音は聞きたくなかった」

「現実ってのは、大半がこんなもんだぜ」

導師とブランタークさんがこちらに顔を出したのだが、導師からとんでもないことを聞かされてしまった。

いわゆる王城を棲《す》み処《か》――住処《すみか》ではない。棲み処だ！――としている宮廷雀の一人であるベッカー子爵が、俺の排除を目論《もくろ》んでいるらしい。

俺と彼との間にはまったく面識がないわけだが、なぜそこまで一方的に嫌われているのか理解に苦しむ。

「ベッカー子爵は役職ナシのため、毎日大変に暇なのである！　人間暇すぎると、ろくでもないことを考える奴が多いのである！」

「それって、暇だから色々と考えすぎた結果、俺が王国の実質的な支配権を握るために陰謀を張り巡らせている悪の貴族だと思い込んでしまったと？」

「そういうことにしておいた方が、ベッカー子爵もやることができて嬉《うれ》しいんじゃないかな」

「そんなしょうもない妄想のために、俺がえらい目に遭いそうなんですけど……」

誤解を解きたい……こういう人になにを言っても無駄そうだがなぁ……。

自分だけの正義に酔っている人って、基本的に人の話を聞いてくれないから。

「で、賛同者はいるんですか？」

「いなくはないのであるが、大した勢力でもないのである。そもそもあいつらは、その時になにか時間を潰《つぶ》せるネタがあればいいのである！」

「酷《ひど》い……」

「某《それがし》も、あいつらには何度キレたかわからないのである！」

導師によると、彼らは毎日王城にいるが、役職がないので暇なのだそうだ。

そのため、いつも何人かで集まって『ああでもない』『こうでもない』と結論の出ない議論を続けたり、誰かが功績を上げて爵位が上がったり、褒美を得たり、役職を得たりするとその人物の批判を始めたりするらしい。

「その過程で、そのような不貞な輩は二度と王城に来られないようにしてやろう、などと言い出したりするのである！」

「ぶっちゃけ、ただの嫉妬だな」

ブランタークさん、ぶっちゃけすぎである。

「言うまでもないことであるが、役職ナシの貧乏下級貴族が王城の中に入れるわけがないのである！　全員が男爵以上で、鬱陶《うっとう》しいが追い出せないから困ってしまうのである！」

ゴーイングマイウェイな導師に鬱陶しいとまで言わせてしまうとは……。

宮廷雀、侮り難しだな。

「とはいえ、彼らにも派閥があるのである！」

「逆に、どうにかして辺境伯様にお近づきになれないかなぁ……みたいなのもいて、そういう連中と対立状態になるわけだ。うちのお館様も、宮廷雀たちは生産性皆無の邪魔臭い連中とよく言っているからな」

ちゃんと仕事をしている爵位の高い貴族は、毎日忙しくて下らないことなど考えないものだ。

ブライヒレーダー辺境伯からすれば、いつも王城に集まって、勝手な思い込みでわけのわからないことを言い出したり、よからぬことを企む宮廷雀たちなど邪魔なだけか。

「どうして王城に入れるんです？　仕事もないのに」

「それが一番面倒がないからです」

エリーゼがお茶とお菓子を持ってきて、俺の質問に答えてくれた。

「面倒がない？　鬱陶しくないかな？」

「お爺《じい》様が仰《おっしゃ》るには、彼らは鬱陶しくはあるが、どうせ口ばかりでなにもしないから、だそうです。ただ、王城の外でそのような話をされてしまいますと……」

王国に不満を持つ貴族たちが密《ひそ》かに集まっているという風に見えてしまうので、それに監視をつけなければならない。

「それは、王国軍にとって負担になりますから……」

「だからさ。ただ王城の中だけでピーチクパーチク言ってる分には管理も楽だろう？　見張るのも楽だし」

念のため監視しておくにしても、王国軍としては手間を減らしたい。

だから彼らは、毎日のように王城に入れるのか。

事情は理解できたが、ブランタークさんの発言は皮肉に聞こえてしまうな。

「それで、具体的な対策などは？」

「ないよそんなもの。ほっとけ」

「ほっとくんですか……」

「なにか罪を犯したわけじゃないからな。うちのお館様も若かった頃は怒ってたけど、今では完全に無視するようになった。相手にするだけ無駄だって気がついたんだよ。ようは慣れだな、慣れ」

「それはそうなんですけど……」

「大体、万が一ベッカー子爵の工作が成功したとしてよ。辺境伯様になんか不都合があるか？」

「ないですね」

できれば俺は、緊張するから王城には行きたくないしね。

うちのフリードリヒとアンナと、ヴァルド殿下のアキウス王子とマリアンヌ王女を合わせるのは、バウルブルクの屋敷で問題ないだろう。

俺が『瞬間移動』で迎えに行けばいいのだから。

「問題ないのである！　そもそもいくら婚約者同士とはいえ、子供の頃から頻繁に合わせるなんてケースはほとんどないのである」

導師の言うとおりで、距離が離れていたら、交通事情があまりよくないこの世界ではそう頻繁に会えるものではないからな。

「そう思ったらなんか気が楽になってきたなぁ。ベッカー子爵、どこまで頑張りますかね？」

「どうせ口だけだろう」

「どうせ口だけである！」

宮廷雀ってのは評価が低いようだ。

どの世界も有言実行が求められるわけだな。

「もう一度言ってみてくれないか？」

「はい。ベッカー子爵がバウマイスター辺境伯を王城から排除しようと、城内で言い回っているそうで」

「……そうか……」

＊　＊　＊

毎日することがないので王城に入り浸り、同類の仲間たちとああでもないこうでもないと、なんの役にも立たない議論を続けている宮廷雀たち。

鬱陶しくはあるが害はないので放置しておいたのだけど、よもや私の親友ヴェンデリンの排除を目論むとは……。

「ヘルムート王家の尊き家系に、元は貧乏騎士の成り上がりの者が入ってはならないそうです」

「……尊き家系か……。いつも思うが、本当に彼らは変わらないな」

能力がないから役職に就けないのに、歴史ある名門の出であることのみを心の拠《よ》り所とし、することもないくせに毎日王城に集まってくる。

登城を禁止すると、どこか別の場所でなにか企むかもしれないので、下手に手を出せないのが辛《つら》いところだ。

「注意するだけ無駄だろうからな」

「それはかえってよくないでしょう」

そうだろうな。

きっと、『バウマイスター辺境伯が王太子殿下をその口で誑《たぶら》かし、高貴で有能な我々に嫉妬して讒訴《ざんそ》したのだ』などと言い始めるだろうからだ。

「処罰するのはもっと論外か……」

「極論すれば、バウマイスター辺境伯の悪口を王城内で言い回っているだけですからね。この程度でいちいち貴族たちを罰していたら、王城から貴族が一人もいなくなってしまうでしょう」

私が私的に雇っている男だが、なかなかに言い放題なので気に入っている。

将来、王となる身なので、こういう男も傍《そば》において常に自分を客観視しておかなければ、王など長年続けられない。

「やはり放置いたしますか？」

「いや、それは悔しいな。それに……」

ヴェンデリンは大領を預かる貴族なので、王城においてなにか役職があるわけではない。

ヘルムート王国はバウマイスター辺境伯領の開発を支援しているので定期的に報告の義務があるが、それは別に本人がやらなくても問題なかった。

重臣を派遣すれば済む話で、となると……。

――ヴェンデリンたちが王城に来なくなる？

私たちがバウマイスター辺境伯領に出かけるのみだと、ヴェンデリンと会う頻度が減ってしまうではないか！

「それはいけない！」

「はい？」

「ようし！　こうなったらベッカー子爵には褒美をやろう。よもや、王国からの褒美を断りはすまい。なにしろ自らを、王国の藩屏だと自称しているくらいなのだから」

「褒美ですか？」

「ああ、褒美をくれてやろう」

ベッカー子爵め！

私とヴェンデリンとの友誼《ゆうぎ》を邪魔するのであれば、それ相応の報いをくれてやろうではないか。

普段から、クドイほど王国の藩屏を自称しているくらいだ。

口だけでなく行動で、その役割を果たしてもらおうではないか。

＊　＊　＊

「えっ？　ベッカー子爵が領地を与えられたんですか？」

「東部のえらい山奥の土地らしいけどな。領地の広さは十分だが、王国も持て余していたような無人の土地だ。ちゃんと開発するには手間と金と時間がかかりそうだな」

「いくら子爵でも、役職も功績もない法衣貴族が急に広大な領地なんて貰《もら》って大丈夫なものなのでしょうか？」

「さあな？」

「さあなって……ブランタークさん」

「いいじゃないか。辺境伯様のことをボロカス言っていた奴が、東部の田舎に飛ばされたんだから」

「普段から大言壮語していたので、実際にやってみればいいのである！」

「考え様によっては、大きなチャンスですからね」

「あのベッカー子爵に、その器量があることを心から祈るのである！」

「祈るってことは……期待薄だな。僻地《へきち》に左遷ってやつだ。誰を敵に回したんだろうな？」


王城内で俺の排斥を目論んでいたベッカー子爵だが、導師によると突然王国から東部の山奥に広大な領地を与えられたそうだ。

開発のノリシロが大きいので、ちゃんと開発できれば褒美と呼ぶに相応《ふさわ》しいが、彼にその能力があるか怪しいところではある。

まず、必要な人手を集められるかどうか……。

これまでの情報によると、ベッカー子爵は口ばかりで、貴族としての器量や下々の人たちに慕われるカリスマ性が大いに不足しているようだから。

「陛下も、どうして急にそんなことをしたんでしょうかね？」

「この人事は、ヴァルド殿下が行ったことである！」

「ヴァルド殿下かぁ……」

なんの功績もない法衣貴族に領地を与えるなんて、よくそんな人事案が陛下に通ったものだと感心してしまった。

どうやって陛下を説得したんだろう？

「あの口だけのベッカー子爵が、まともに領地運営なんてできるわけがないのである！　失敗したら……」

「失敗したら？」

「降爵か、下手をすれば改易である！」

「位打ちですか……」

これは、対象に分不相応な地位や役職を与え、その負担で潰してしまう手法を指す。

日本だと藤原氏の得意技だったらしいけど、はたしてベッカー子爵に位打ちをする意味があるのかわからないな。

「バウマイスター辺境伯を王城に来させないように運動していたせいである！　バウマイスター辺境伯とヴァルド殿下の子たちの婚約は既定の事実。これを邪魔すれば、一子爵程度など……」

「他にも何人かそういうのがいそうだから、ヴァルド殿下は見せしめでやったんだろうな」

「広大な領地を貰って見せしめってのが悲しいですね」

家柄を誇るなら、自ら未開地を開拓すればいいのに……。

領地を与えられたこと自体が罰ゲームってのはどうなんだろう？

「そんなに簡単に領地を開発できたら、このリンガイア大陸はとっくに土地不足になってるよ。平民ならあり得ないが、王城に巣食っている職ナシ貴族たちなら、自ら申し出ればすぐに領主にしてくれる。王国に余ってる土地なんざいくらでもあるんだから。だが、彼らは王城から離れない。どうしてだかわかるか？　辺境伯様」

「……そんな資金も人員もいないんですね……」

もしくは、それを集めて一から未開地を開発する気概もない。

「毎日王城の中で気に入らない貴族の批判をしながら、年金で暮らした方が楽じゃないか。失敗する可能性が大きい領地開発に名乗り出るなんてことはしないさ。そんな連中ばかりだから、代々の国王陛下も無視していたんだろうぜ」

ある意味、ベーシックインカムみたいなものだな。

下手に働かれるとかえって有害なので、年金だけ与えて放置していると。

「あんな連中でも養っている家族や家臣もいるし、王都で色々と消費する。王国政府はそういう風に見ているのさ」

経済のためかぁ……。

でも、ベッカー子爵はヴァルド殿下の逆鱗《げきりん》に触れてしまったと。

「バウマイスター辺境伯は、ヴァルド殿下に気に入られているのである！」

「そうみたいですね」

俺としては、次の国王陛下に気に入られるポジションなんて一切望んでいないのだが……。

このまま地方の貴族で人生を終えてもいいじゃないか。

「婚姻関係を結んだ以上、それは不可能なのである！　これからもイーナ嬢と王城訪問は続くのである！　なにか贈り物は用意したのであるか？」

「そんなに都合よくは……」

チョコファウンテンは、たまたま思いついただけなのに……。

次はどうしようかな？

「あっ！」

「なにか思いついたのであるか？」

「職人に説明して再現できたら、ですね」

「よく思いつくのである！　ヴァルド殿下が気に入るわけである！」

「そこなんですか？」

魔法じゃないのかよ！

それもあると思うんだけど、次に備えてアレをバウマイスター辺境伯家お抱えの魔道具職人たちに提案しておこう。

もし製造に成功したら、ヴァルド殿下に献上する。

さすれば、『ヘルムート王家御用達』ということで王国中に売れるのだから。

＊　＊　＊

「うわぁ、凄い！　まるで雲みたいだ！」

「アキウス王子、この色付きのザラメを使うと、『わたあめ』に色がつけられますよ。やってみますか？」

「僕もやりたい！」

「そんなに難しくないですよ。こうやってですね」

「面白い！　まるで虹のようなわたあめだ」


今日もアキウス王子とアンナを会わせるためイーナと共に王城に向かったのだが、その際、試作した『わたあめメーカー』を持参した。

南方諸島で始まった砂糖の製造が順調で、俺が頼んでいたザラメの量産にも成功したとなれば、あとはこれでわたあめを作るしかないというわけだ。

わたあめメーカーも、原理を説明したらすぐに職人たちが試作品を完成させてくれた。

チョコファウンテンの開発経験と技術も生かされている。

すでに何度も試験しており、今日は自信をもってアキウス王子に披露したというわけだ。

いくら賢くて大人びていても、アキウス王子はまだ子供である。

彼は目を輝かせながら、自分でわたあめを作って食べていた。

「ヴェンデリン、これは面白いね。女性や子供に大いにウケそうだ」

先日のチョコフォンデュと合わせ、パーティーでわたあめを作らせたら大いに盛り上がるはずだ。

「(そして、パーティーに参加した貴族たちはわたあめメーカーを欲しがり、さらに飲食店も欲しがって……)」

魔道具職人たちの仕事も増えるし、とにかく高い技術力を持つ魔族に対抗するには、色々と作らせて経験を積ませなければ。

決して、俺とフリードリヒたちだけのために試作させたわけではないぞ。

「ヴェンデリン、王城にはたまに羽音がうるさいハエが出ることもあるが、これからも気にせずに来ればいい」

「はい……」

俺としては、別に王城に出入り禁止になっても困らない……。

アキウス王子とアンナが婚約したから無理か。

「(外戚の専横とか言われないようにしようっと。次は……家庭用のタコ焼きプレートを作らせて、タコ焼きパーティーでもしようかな)」

下手に、王国の政治に口を出さなければいいんだ。

どうせよくわからないし、この手の玩具《おもちゃ》を持参して一緒に遊んでいれば俺も安全なはず。

うん、きっとそうに決まっている。

* * *

「バウマイスター辺境伯め！　よくもこの私のことをヴァルド殿下に讒訴してくれたな！　だが見ているがいい！　無事この地を開発して大きな力を得て、私の子孫がバウマイスター辺境伯を王城から追放してやる！」

『虚仮《こけ》の一念』とはよく言ったもので、その後のベッカー子爵は残りの人生を賭けて、必ず失敗すると言われた領地開発を着実に進めていき、孫の代には伯爵にまで陞爵《しょうしゃく》。

なにかと、バウマイスター辺境伯家に対抗する大貴族となっていくのであった。

もっとも、その頃にはもう俺は死んでおり、フリードリヒやその子たちが頭を抱える事態になったのであるが。

第六話　新しい屋敷

「バウマイスター辺境伯様、随分とご出世なされましたね。このお屋敷を紹介してからそう年月も経《た》っていませんのに。いやぁ、出世なさる方はやはり違いますなぁ」

「(ヴェル君、この胡散《うさん》臭い人は?)」

「(不動産業者です)」

「(本当に大丈夫なの?　この人)」

「(見た目は胡散臭いですけど、この王都の屋敷を用意してくれた人なので……確かに見た目は超絶胡散臭いですけど……)」

「(お仕事はちゃんとする人ですから……見た目で損をなさっていると思うのです)」

「(まあ、あの見た目と言動じゃなぁ……)」


辺境伯になった俺は、王都により大きな屋敷を持つ必要があった。

今まで使っていた王都の屋敷は法衣男爵時代に取得したものなので、今ではかなり手狭になっていた。俺はあまり思わないけど、みんながそう言うんだ。

昔に比べると、常駐する家臣や使用人の数も増えたってのは事実だ。

なにより、この王都屋敷を訪れる貴族たちに舐《な》められてしまうというのが一番の理由らしい。

『辺境伯なのに、こんなに小さな屋敷って……』、『名ばかり辺境伯で貧乏なんだろう。相応の屋敷も構えられないなんて……』などと、他の貴族たちにバカにされてしまうのだとローデリヒが言っていた。

貴族……それも大貴族というのは舐められたらよくないわけで、その爵位に合った屋敷を持つ必要があるそうだ。

すげえ面倒臭い。

そんなわけで、今日は新しい屋敷を見に行くことになっており、だからローデリヒは仕事を免除してくれた……これも仕事だけど……。

魔法で未開地の開発に従事するよりは……と思えてしまう俺は、いまだ社畜から抜け出せていないのかもしれないな。

そんなわけで俺は王都屋敷にいるのだけど、この手の物件の紹介といえばすぐにリネンハイムが思い浮かぶ。

王都屋敷の前で待ち合わせた彼は相変わらずの胡散臭さであるが、今は息子がバウルブルクで不動産商会をやっているし、彼のド派手な衣装や眼鏡は一代で成り上がるため、わざとそうしているという事実も知った。

初見のアマーリエ義姉《ねえ》さんに胡散臭がられても、それはよくあることである。

「エリーゼ様、ご出産おめでとうございます。ホーエンハイム枢機卿様からも、相応《ふさわ》しい王都屋敷を用意せよと申しつかっておりますです、はい」

俺の跡取りであるフリードリヒも生まれたから、曽《ひい》お祖父《じい》ちゃんであるホーエンハイム枢機卿が発破をかけたようだな。

「エルヴィン様もご出世なされて。もし別宅や秘密の物件のご用命がありましたら是非」

「あはは……今のところは必要ないかなぁ……」

リネンハイムの営業を、エルは曖昧な笑顔で誤魔化した。

すぐ横に、エリーゼとアマーリエ義姉さんがいるからだ。

大貴族の重臣が王都に別宅を構えたり、秘密の物件――王都で仲良くなった女性を住まわせる家屋敷のことだ――を借りるのはよくあることだと聞く。

王都詰めになると単身赴任を望む者が多かったりするのは、大貴族の家臣あるあるであった。

リネンハイムは、見た目とは裏腹に口が堅い。

そういう物件の紹介も業務の内であり、教会と関係が深いってことは……神官にもそういう物件を紹介しているのであろう。

真面目なエリーゼには決して言えないけど。

「バウマイスター辺境伯様はお忙しいでしょうから、早速候補を見て回りましょう」

「それはいいけど、物件自体があるのか？　大分不足していると聞いたぞ」

不動産なんて専門外である俺にも入ってくる話だ。

現在発展中のヘルムート王国では、ますます屋敷が不足していた。

経済発展が進んでいる影響で、実は他にも陞爵《しょうしゃく》して大きな屋敷に移ろうとしている貴族たちがいたからだ。

「上級貴族街はすでにいっぱいで、下級貴族街の一部を再開発して広げようって計画があるんだろう？　さらに下級貴族も増えていて、彼らの屋敷は裕福な平民たちが住む区画に新しく造成しようと」

貴族たちは王城の周囲に住まないと仕事にならないので、屋敷を確保できなかった貴族が自然と外の地区に押し出され、まるでトコロテンを作るかのような現象が発生するわけだ。

しかしながら、この世界の土木工事能力は現代地球よりも低いわけで、暫《しばら》くは屋敷不足も解決しないはず。

レンブラント男爵？

彼は建物を移築するスキルの持ち主なので、どこかに大貴族のお屋敷に相応しい建造物がなければ意味がなかった。

そういう建物は王都に多く、結局新しい屋敷を建てなければ問題は解決しないのだ。

もう一つ、方法があるけど……。

「瑕疵《かし》物件の浄化も、教会とエリーゼがほとんどやってしまったじゃないか」

屋敷不足が深刻になったので、ついに教会が重たい腰を上げた。

とはいえ、手に余る物件はエリーゼが教会に呼ばれて浄化したのだけど。

エリーゼは俺と結婚してから魔力量が上がっていたので、とても頼りにされたそうだ。

「ホーエンハイム枢機卿様が陣頭に立ち、エリーゼ様がお手伝いした上級貴族街、下級貴族街の大規模浄化キャンペーンですが、『ほとんどの物件は終わった』のです。わずかにですが、とても厄介な物件が残っておりますとも」

「そんな予感がした」

「エル、俺もだ」

つまりだ。

教会とエリーゼとで浄化できた物件はとっくに供給されていて、あとは俺が自分で浄化して大きな屋敷を得るしかないというわけだ。

「エリーゼさんでも浄化できない物件って……大丈夫ですか？」

アマーリエ義姉さんが心配するのも無理はない。

ホーエンハイム枢機卿が、聖魔法のプロであるエリーゼに浄化させなかったほどの物件なのだ。

危険な臭いがプンプンして当然であろう。

「そこでですね！　バウマイスター辺境伯様とエリーゼ様の共同作業ならば、誰もが危険で手を出さない、このヘルムート王国の暗部、恥部と言われた瑕疵物件も浄化できるのではないかと、依頼者が」

「依頼者？　ホーエンハイム枢機卿じゃないんだ」

「お爺《じい》様ではないのですか？」

「ええまあ。封印されたに等しい危険な物件のうえ、現在の所有権と管理責任は王国政府が持っておりますので……」

俺とエリーゼの質問に、リネンハイムは珍しく語尾を濁していた。

「現地で依頼者の方と待ち合わせをする予定でして、それでは参りましょうか」

「ヴェル、大丈夫か？」

「浄化できそうになければ引き受けないよ」

だって俺は、王命を命がけでこなすような人間ではないのだから。

ましてや、失敗は命で償うものなんて考えは微塵《みじん》も持ち合わせていなかった。

「依頼者って、とても偉い方なのですか？」

「はい。そうでなければ、封印された王家所有の物件に我々は入れませんとも」

アマーリエ義姉さんの質問にリネンハイムが答えながら上級貴族街を歩いていくと、王城の裏側にあるエリアへと到着した。

「この辺は、俺も来たことがないんだよなぁ……。う――――ん……」

「あなた、空気が禍々《まがまが》しいですね」

ぱっと『探知』した感じ、あきらかにヤバイ雰囲気を醸し出す豪華なお屋敷があった。

少し離れた場所からも、数ヵ所同様の気配がする。

長年人が住んでいないせいか、屋敷の壁や門扉にはツタが生い茂り、陰鬱《いんうつ》とした雰囲気を感じさせる。

そしてその屋敷の前には……。

「やあ、ヴェンデリン。待っていたよ」

「殿下？」

なんと、ヴァルド殿下がわずかなお供と共に封印された屋敷の前に立っていたのだ。

「殿下……どうして？」

「これは予想外ね……」

「リネンハイムさん、あのさぁ……」

「エルヴィン様、私も予想していなかったのですよ。ホーエンハイム枢機卿様も驚いていたくらいなので。普通は、担当する貴族様が来るものです」

それはそうだ。

いくら封印された屋敷を管理する最高責任者でも、いちいち殿下が顔を出していたら、他の膨大な仕事をこなせるわけがないのだから。

「たまたま時間が空いてね。それに、我が友人ヴェンデリンが新しい屋敷を探していると聞き、矢も盾もたまらず駆けつけたというわけさ」

「それは……大変に光栄です……」

できれば、放っておいてほしかった。

「(私は無罪ですよ)」

珍しくうろたえながら己の無罪を主張するリネンハイムを見て、俺たちは一刻も早く仕事を終えようと目配せし合うのであった。

＊　＊　＊

「まずは一軒目の候補です。こちら、元ブリューワー公爵邸となっております」

「ブリューワー公爵家は、すでに断絶していると聞きましたが……」

「さすがはエリーゼ様、よくご存じで。ただ、表向きは当主急死後の無嗣《むし》断絶ということになっておりますが、本当の理由は違うのです。実はこのお屋敷の中で不穏分子を集めて王国に対し反乱を企てようとしたそうなのです。もっとも、事前に王国側に察知されてしまったようで、このお屋敷に集まったところを王国軍に急襲されて全員殺されてしまいました」

「聞きたくもない王国の闇を聞いてしまったわね……」

「そうですね……」


リネンハイムは、すぐにいつものモードに戻ったようだ。

うろたえたままでは仕事にならないので、きっとこれでいいんだと思う。

早速、屋敷が瑕疵物件になってしまった理由を説明してくれたが、正直、聞かなかった方がよかった。

「反逆者ねぇ……」

「五十年ほど前だ。帝国と停戦になってから長い年月が経っていたのでみんなが首を傾《かし》げつつ、この反乱に関与した証拠を懸命に探したんだけど、結局なにも見つからなくてね。もっとも、かなり前からブリューワー公爵の言動がおかしくなっていたそうで、怪しげな魔法薬を売る密売人が頻繁に屋敷に出入りしていたそうだから」

「どっちの理由でも、事実を公表できないよなぁ……」

ヴァルド殿下の説明を聞き、エルがそんなことは知りたくないのに……といった表情を浮かべていた。

言うまでもなく、俺たちも同じように思っている。

帝国の誘いに乗って反乱を企てたか。

または、いわゆる地球でも事件になる、違法なお薬の依存者が、正常な判断力を失った挙句に無謀な反乱を起こそうとしたか。

どちらにしても、公表は躊躇《ためら》われるよなぁ。

「屋敷の中には、ブリューワー公爵以下反乱を企てようと屋敷に集まり、王国軍よって一網打尽にされた者たちの悪霊が巣食っていると？」

「当時百名以上が殺されたそうだからね。かなり凄惨《せいさん》な現場だったそうだよ」

「殿下、もしかして屋敷の内部はそのままなのですか？」

アマーリエ義姉さんの予想どおりだとしたら、屋敷の中には入りたくないなぁ。

きっとみんなも同じ意見のはずだ。

「表向きは突然死ということだったので葬式を挙げないわけにもいかず、ちゃんと片付けられて屋敷の中に死体が残っているということはないよ」

「それはよかったです」

ヴァルド殿下がそう断言したので、俺はとりあえず安堵《あんど》した。

が……。

「ただ……」

「ただなんでしょうか？」

「謀議をしていた時に王国軍が雪崩《なだれ》込み、凄惨な殺戮《さつりく》の現場となった大ホールは、何度掃除させても床や壁についた大量の血の跡が消えないそうだよ。でもちゃんと浄化すれば大丈夫なはずだから」

「（なあ、ヴェル。この仕事は引き受けない方がよかったんじゃないのか？）」

エルよ。

もしそれができていたら、俺はとっくに断っている。

それに浄化が終われば、霊的な理由で消しても消しても現れる床や壁の血の跡は元通りになるはず。

一刻も早く仕事を終えてしまうことにしよう。

「(ヴェル君、それで浄化したお屋敷を使うのかしら？　私はどうかと思うけど……)」

「(他にもお屋敷はありますから)」

無理にこのお屋敷にしなくても他に候補はあるはずだと、俺はアマーリエ義姉さんに断言した。

「(でも、こんな由来のお屋敷ばかりなんじゃぁ……)」

「(……)」

それはあとで考えることにしよう。

最悪、金の力で屋敷を建て直してしまえばいいのだから。

＊　＊　＊

「ヘルムートオウコクヲワガテニ！　キタァ、コンカイノオクスリハキクゥ……」

「オレハカクリョウニナルンダ！　ウヘ、ウヘヘヘヘ……」

「ワタシガ、ショウライノサイショウダ！　キモチイイ――――！」

屋敷は厳重に封印されているが、悪霊たちは大ホールにだけ現れるそうだ。

もっとも、この大ホールを通らないと屋敷の奥や二階に行けないので、やはりちゃんと浄化しなければ屋敷が使えない事実に変わりはなかったのだけど。

それにしても、悪霊たちの会話が……その……それは封印されるわ。

「謀議か？　これ？」

「エルヴィン、悪霊となった彼らは今もずっとこの大ホールで謀議を続けているのさ。ただ、謀議もピンキリでね。なにか摂取しながらだけど、これは気にしなくていいよ」

「「「「はあ……」」」」

ヴァルド殿下が気にしなくていいと言った以上、彼らはただナチュラルハイになっているだけなのだ……うん、きっとそうだ。

「ただ自分の欲望を叫んでいるだけですね」

「そうだね」

大ホールに巣食う悪霊たちは、ブリューワー公爵以下正気を疑う者たちばかりであった。

違法な魔法薬の依存症になっていたのは事実なのであろう。

「薬物依存になって、妄想のはてに反乱を企てて鎮圧されてしまう。身分が高くても、心が弱い人は一定数出てしまうんだな」

プレッシャーで押し潰《つぶ》されたのかな？

公爵家なんて王家の統治の邪魔にしかならないから、領地も与えられず、半ば飼い殺しにされたような状態になってしまう人も多い。

そのストレスで、心の均衡を欠いてしまったのかもしれないな。

「俺も気をつけないと」

「ヴェルは大丈夫だろう」

「いや、わからないぞ。ローデリヒがもっと仕事を減らしてお休みを増やしてくれなければ、いつか俺も心を病んでしまうかもしれない」

俺は元庶民で貴族に慣れていないからこそ、誰よりも注意しなければならないのだから。

「結構好き勝手やってるから大丈夫だと思うけどな……」

「そうならないための、私たちやアマーリエさんですから」

俺にはエルやエリーゼ、アマーリエ義姉さんたちがいるから、心の均衡を欠くってことはないのかな？

「それに、私もいるじゃないか」

「そう……ですね……」

そしてなぜか、ここで謎のアピールをしてくるヴァルド殿下。

いやその……元々庶民の俺は、王太子殿下などという雲の上の人とはなるべく接したくないんですけど……。

「バウマイスター辺境伯様、エリーゼ様。いかがですか？」

「二人で浄化すれば大丈夫だと思う」

「私も大丈夫だと思います」

時間が惜しいので、早速浄化を始めることにする。

「ただ数が多いレイスにしか見えないけど……」

どうしてエリーゼに浄化させなかったのかわからないな。

教会の応援を受ければ、簡単に浄化できそうだけど……。

「あなた、ブリューワー公爵たちのレイスは、すべて同時に浄化しないと駄目なんです」

「そうなの？」

「はい。一体でも残すと、なぜかまた全員復活してしまいます。だから浄化できなかったんです」

エリーゼが知らないわけがないのか。

「どういう仕組みなんだろう？」

「教会でも諸説出ていますが、いまだにその理由はわかっていません。百体以上いるレイスを一度に時間差ナシで浄化するというのは、とても難しいことなのです」

「バウマイスター辺境伯様がいないと、魔力量が足りないんですね」

リネンハイムが、エリーゼの説明に補足を加えた。

「魔力量かぁ……。魔晶石で補充しながら浄化したらどうなの？」

「その方法だと、浄化にムラが出てしまうので上手《うま》くいかなかったんです」

ムラっ気かぁ……。

『聖光』を使い百体以上いるレイスを同時に消し去る際、その途中で魔晶石から魔力を補充すると、補充された魔力が放出される際分布にムラが出て、レイスたちの消滅に時間差が出てしまう。

通常のレイスの群れを浄化する時には気にしなくていいが、ブリューワー公爵邸のレイスたちの場合、浄化に失敗してしまうわけか。

「百体以上を寸分違《たが》わず同時に浄化かぁ……」

「あなた、キッチリとタイミングを合わせましょう」

『聖光』の効果範囲も綿密に設定して、均等に聖魔法を発動させる。どこにもムラを出しては駄目だ」

「はい」

もし『聖光』の威力が足りないところに一体でもレイスがいれば、浄化されずに残ったその一体から、消滅したはずの残りすべてのレイスが復活してしまう。

これにはさすがのホーエンハイム枢機卿も、エリーゼに除霊させるわけにはいかなかったわけだ。

魔力量と技量、双方共にハードルが高すぎる除霊案件というわけだ。

「そこでバウマイスター辺境伯様ですよ。エリーゼ様と愛の共同作業ですとも」

リネンハイムの奴、調子のいいことを……。

「ヴェンデリンはいまだに魔力量が増え続けている。数年前は無理だったかもしれないけど、今なら十分にいけるはずだ」

「(殿下の根拠がわからんな)」

「(ああ……)」

俺の魔力が今も増え続けているという情報は、導師からかな？

思わずエルの意見に賛同してしまう俺であったが、実際にやってみて駄目なら殿下も諦めるだろう。

俺とエリーゼは手を繋《つな》ぎ、大ホールを包み込む『聖光』を発動させ、一気に大量の魔力を流し込んだ。

「カラダガ……シコウノギョクザガ！　クスリヲ！」

「カクリョウニナリタカッタァ――――！　クスリモォ――――！」

「ワシハアキラメナイ！　サイショウニィ――――！　オクスリクレェ――――！」

どうやら上手くいったようだ。

俺とエリーゼが放った『聖光』によりレイスたちは一斉に消え去り、レイスたちが一体もいなくなった大ホールは静寂に包まれた。

お薬お薬とうるさかったが、そういう都合の悪い発言は俺たちには関係ない。

「ヴェル、大丈夫なのか？」

「『探知』しても反応がないから大丈夫。エリーゼ」

「はい」

念のためにもう一度、二人で屋敷全体に『聖光』をかけるが追加で除霊させるレイスは一体もいなかった。

「これにて一件落着」

「さすがはお見事です。ご夫婦して素晴らしいです」

「ありがとうございます」

エリーゼは、自分を称賛したリネンハイムに対し素直にお礼を言ったが、俺は油断していなかった。

なぜなら、瑕疵物件は一軒だけなんて一言も言っていないからだ。

「前歴はともかく、いいお屋敷ね。元公爵邸だから、屋敷の大きさも申し分なしだと思うわ」

アマーリエ義姉さんの公式な身分は侍女長なので、その手の知識も勉強したいのかな？

この屋敷がバウマイスター辺境伯家に相応しいのか、俺にはさっぱりわからない。

「なにより王城に近いからね。ヴェンデリンは王国の重鎮だから、なるべく王城の近くの屋敷にした方がいい。なにしろ私たちは親戚同士なのだから」

「「「「……」」」」

なぜそれを殊更強調するのか……。

「それでしたら、もっと王城に近いお屋敷がよろしいですね。実はあるんですよ。浄化案件ですけどね」

「だと思った……」

まさかのヴァルド殿下の登場でリネンハイムはかなり動揺したようだが、すぐに元通りになって、俺とエリーゼは困難な除霊を押しつけられてしまうのであった。

なぜ断らないのかって？

隣にヴァルド殿下がいるからに決まっているじゃないか。

＊　＊　＊

「他の案件は、ただ恨みが強いばかりで、強力な『聖光』で浄化すれば終わる屋敷ばかりだったからよかった」

「そうですね。二人で浄化すると、あんなに強力なレイスが除霊できるなんて」

「それはいいけど、俺やアマーリエさんは……」

「王国の闇はもういいわ」

「エルヴィン様、アマーリエ様。王国の闇は、今消えましたよ」

「(ヴェル、この人、やっぱりいい性格してんな)」


かくして、王国政府が管理し教会が匙《さじ》を投げた瑕疵物件の浄化はすべて終了した。

俺とエリーゼはほぼ魔力が空となり、魔法の袋に蓄えていた魔晶石も沢山使ってしまった。

今夜は王都に泊まらないと駄目だな。

「ヴェンデリン、エリーゼ。王城に泊まるといい。王国政府の瑕疵物件をすべて浄化してくれたんだ。そのぐらいは当たり前さ」

「「……」」

王城に泊まるのかぁ……。

緊張するが、ヴァルド殿下の誘いを断るわけにはいかない。

「どのお屋敷にするか、選ぶ必要もあるからね」

「そうだった！」

俺たちは、新しいお屋敷を探しに来たのだった。

浄化したお屋敷の中から、どれか一軒を選ぶということか。

「(あの中から選ぶのかぁ……)」

「(薬物依存になって反乱を起こそうとして王国軍に討たれた。突然精神に変調をきたして家族や家臣など、屋敷にいた人たちを皆殺しにした。地下室に誘拐した子供たちを閉じ込めて拷問していたが、急死して王国にそれが露見した。どれもろくでもない経歴の屋敷だな。俺なら住まん)」

「(俺も嫌なんだけど……)」

いくら大きくて豪華なお屋敷でも、過去にそんなことがあった屋敷には住みたくないと言うエルと、俺も同意見だった。

「どのお屋敷がいいか、自由に選んでくれたまえ」

そして、それにまったく気がつかないヴァルド殿下。

浄化の代金として無料で一つ大きな屋敷は貰《もら》えるが、どれも前歴が酷《ひど》すぎる。

とはいえ断るわけにいかず、それはエリーゼもアマーリエ義姉さんも浮かない表情をしているわけだ。

「(エリーゼ、貰ってから転売とか交換はできないね?)」

「(それはできません)」

だよなぁ……。

思いっきりヴァルド殿下に対する不敬になってしまうのだから。

「(ヴェル君、ヴァルド殿下に友人がいない理由がなんとなくわかったような……)」

「(ははは……)」

善意を空回りさせる名人なのであろう。

とにかく、なんとか誤魔化さないと。

そう思いながら王城に入ったところ、数名の老貴族たちが俺たちを待ち構えていた。

その姿格好から、侯爵以上の大物貴族たちだと思われる。

「ドラン公爵、私になにか用事か？」

「ドラン公爵？」

この人は公爵なのか。

確かにそう言われると、そういう風にも見えるかな。

「(ドラン公爵は王族ですが、公爵家としては比較的新しく創設された家です。とはいっても、四十年ほど前のお話ですけど……)」

「(へえ、そうなんだ。さぞや大きな功績を立てたんだろうなぁ)」

そうでなければ、いくら王族でもそう簡単に公爵になんてなれないのだから。

あと、四十年でも新しいって扱いなのか……。

「(いえ、王族なんてすぐに余りますからね。仕方がないので新しく作っただけです)」

余っている王族は多いので、仕方なしに公爵家を増やす――予算の都合はあるけど――と、リネンハイムが教えてくれたが、身も蓋《ふた》もない話だな。

「(ちょうど、ブリューワー公爵家が断絶しましたからね)」

ブリューワー公爵家の代わりに、ドラン公爵家が創設されたのか。

「元ブリューワー公爵邸は、ドラン公爵であるワシにこそ相応しい。バウマイスター辺境伯は手を引け！」

「そうだ！　辺境伯の分際で、公爵邸に住むなど身分違いも甚だしいぞ！」

「「そうだ！　そうだ！」」

他にも、俺らが浄化した屋敷を求める大貴族たちが、まるで責め立てるように言ってきた。

「自分たちで浄化したものでもない封印物件を、家系の良さや爵位の高さを盾にバウマイスター辺境伯から奪おうというのか？」

そんな話はまったく聞いていなかったのであろう。

ヴァルド殿下は、ドラン公爵たちに対しかなり怒っていた。

「殿下、確かに封印物件の浄化を行ったバウマイスター辺境伯は功績大でしょうが、それとこれとは話が別です」

「左様、我らは栄光ある家系と爵位を継いだ者。それに相応しい屋敷に住むことこそが使命なのです！」

「浄化されたお屋敷は王城に近い。新参者であるバウマイスター辺境伯を住まわせると、他の貴族たちからも文句が出ますぞ」

封印されていた屋敷は、どれもいい場所にある。

ドラン公爵たちは、そこに住んで自分たちの力を誇示したいのであろう。

本当にそんな力があるのかは、あえて聞いてはいけないのだろうけど。

「では、自分で浄化すればよかっただろう」

「勿論《もちろん》、教会や名のある聖魔法使いに依頼は出しましたとも」

「ですが、自分たちの実力では無理だと断られてしまったのです」

エリーゼや教会の名のある聖魔法使いたちが浄化できないと言うのだから、在野の聖魔法使いでは当然無理か。

それにしても、そんな理由でいわく付きの屋敷に住みたいなんて……。

変わっていると思ったし、俺たちには彼らの思考原理がよく理解できなかった。

「（そこまでして元瑕疵物件に住みたいのか？　貧乏貴族の八男には想像もつかないな）」

「（あなた、それが歴史ある大物貴族の思考なのです。私にも理解できませんけど……）」

「（人が沢山死んで血塗《ちまみ》れだったお屋敷なのに、気持ち悪くないのかしら？）」

「（俺は絶対に嫌だ！）」

ドラン公爵たちと言い争っているヴァルド殿下の後ろで、俺たちはコソコソと話をする。

俺だけじゃなく、エリーゼたちも理解に苦しんでいるようだ。

「（彼らは一度滅んだブリューワー公爵家を、ドラン公爵家という別の家名ながら継承しようと考えています。正式な継承ではないからこそ、ブリューワー公爵家のお屋敷という物証が欲しいと考えているのです。故郷、本拠地みたいな扱いですね。まあ私も理解できませんけど……）」

さすがのリネンハイムも、ドラン公爵たちのことが理解できないようだ。

血族ではないからこそ、家の始まりであるその屋敷を求めるわけか。

他の老貴族たちは……事情はよくわからないが、俺とエリーゼが浄化した屋敷を先祖のものと主張し取り戻したいと思っているようだ。本当に先祖なのかな？

「とにかくだ！　屋敷を浄化したバウマイスター辺境伯とエリーゼに権利があるのだ！」

「では、我らは先祖の屋敷を取り戻せないのですか？」

「そんなバカな！」

「金ならいくらでも払うぞ！」

これでは、俺たちがどの屋敷を選んでも収まりがつかないな。

結局誰か一人だけ、自称も含めて先祖のお屋敷を取り戻せなくなるのだから。

「（ヴェル、どうするんだ？）」

「（そうだなぁ……。あっ！　いいこと思いついた！）あの……こういうのはいかがですか？」

俺は、ドラン公爵たちにある提案をした。

「みなさんの中の、どなたかの屋敷を俺が貰うということで」

「おおっ！　その手があったか！」

「どうせ引っ越した屋敷は空くからな」

「交換とはいいアイデアだ」

ドラン公爵たちも納得してくれたようだ。

彼らは公爵と侯爵なので、ちょうど俺が求めている規模の屋敷に住んでいる。

そこなら瑕疵物件じゃないから、俺たちも安心して引っ越せるというわけだ。

「（彼らの屋敷の中で、一番いい屋敷を貰えばいい）」

彼らが引っ越したあとの屋敷は、俺が今住んでいる屋敷も含め、また別の貴族たちが購入するはずだ。

これで、王都の屋敷不足は少しは解消するのかな？

「では、そういうことで」

「いやあ、バウマイスター辺境伯は若いのに、謙虚な人柄で実に素晴らしいではないか」

「そうだな。おかげで我らも先祖のお屋敷に戻れるというものだ」

「本当によかった」

正確にはドラン公爵だけ違うけど、喜んでくれてなによりだ。

俺たちも元瑕疵物件になんて住みたくないから、まさにＷＩＮ－ＷＩＮの関係であろう。

「殿下、ドラン公爵たちが納得してよかったですね（助かったぁ……）」

面倒なドラン公爵たちとのトラブルは、俺が譲ることで解決した。

そうしてヴァルド殿下に恩を売りつつ、まともな大きなお屋敷を手に入れることにも成功した。

これなら、殿下も文句を言えないはずだ。

「ヴェンデリン、助かった。彼らが意固地になると面倒なのでね。しかし、せっかくのいい条件の屋敷だったのだけど……」

元瑕疵物件という時点で、俺はとても嫌だったんだ。

むしろ、文句をつけてくれたドラン公爵たちに感謝しているくらいなのだから。

「屋敷は明日選べばいい。向こうの条件を呑《の》んだのだ。一番いい屋敷を選ぶがいい」

「ありがとうございます」


そして翌日、彼らの屋敷の中で一番広くて綺麗《きれい》だったドラン公爵邸を貰うことが決まった。

ドラン公爵は、わざわざあの血塗れ大ホールの屋敷に引っ越すらしい。

本人がそれでいいと言っているから止めようもないが、俺には永遠に大貴族の考えは理解できないのかもしれないな。

＊　＊　＊

「導師、高い酒ばかりよくもまぁ。俺の分も取っておけって」

「ぷはぁ！　引っ越しパーティーは最高である！」

「これなら、将来バウマイスター家がさらに躍進しても大丈夫そうだな」

「いいお屋敷ですね」


無事、元ドラン公爵邸に引っ越したので、俺はブライヒレーダー辺境伯、ホーエンハイム枢機卿、ブランタークさん、導師などを呼んで庭で引っ越しパーティーを開いた。

あまり大規模にやると面倒なので、実はわざとドラン公爵の引っ越しパーティーと日程を同じにして、参加するお偉いさんたちの数を減らしている。

無礼ではないかと思う人もいるだろうが、この手のお祝いにすべて参加していたら大貴族は体がいくつあっても足りないから、わざとこうするのだとローデリヒが教えてくれた。

大半の貴族は、ドラン公爵の引っ越しパーティーに顔を出すというわけだ。

「婿殿、ドラン公爵に屋敷を譲ってくれたそうですまないな」

「俺は、こっちの屋敷の方がいいと思うんですけどねぇ……」

ホーエンハイム枢機卿が、浄化した屋敷をドラン公爵に譲った件で俺にお礼を述べた。

ドラン公爵は王族だから、彼も気を使わなければいけないのであろう。

「普通の人なら、あのような瑕疵物件に住みたくなどないはず。だが、ドラン公爵は新しい爵位を与えられた身。断絶したブリューワー公爵家は、千年以上の歴史がある名門なのでな。その本屋敷を欲しいと思うのは、貴族としての業だな」

「あやかりたいんですか？」

「そんなところかな？」

「ブリューワー公爵家の不祥事は、公にはされていないのである！　ならば余計に、屋敷を手に入れたかったはずなのである！」

他の大貴族たちもそうだが、元瑕疵物件に住む気持ち悪さよりも、歴史ある王城近くの大邸宅というわけか。

「この元ドラン公爵邸は、王城から少し離れていていいですね。我ら地方の土地持ち貴族は、できるだけ王城から離れていたいものですから」

領地持ちで、しかも大物貴族ともなれば、実質小国の王みたいなもの。

ブライヒレーダー辺境伯としては、王国からあれこれ干渉されるのは嫌なのだろう。

「つかず離れずがいいわけですね」

「ちょうどいい距離感というのも難しいですけどね」

「ヴェンデリン様、チーズが溶けましたよ」

「ほほう、新しい料理ですか」

「チーズフォンデュですよ」

この世界には、動物や魔物の脂を利用したオイルフォンデュがあり、先日はヴァルド王太子にそれを応用したチョコファウンテンを献上した。

残るは、チーズフォンデュというわけだ。

テーブルの上に置いた魔導携帯コンロに鍋をかけ、そこにバウマイスター辺境伯領の牧場で製造したチーズを溶かす。

鍋の様子を見ていたフィリーネが、俺とブライヒレーダー辺境伯に調理が完成したと知らせにきてくれたのだ。

「こうやって、パンや茹《ゆ》でた野菜、肉などを串に刺し、これを溶けたチーズに纏《まと》わせて食べる。美味《おい》しい」

「これは美味しい料理ですね。今度、うちの料理人にも作らせましょう」

「酒に合うな、これは」

「ワインが進むのである！」

「ブランタークも導師も相変わらずですね」

みんなでチーズフォンデュを楽しんでいたのだけど、またなにか忘れているような……。

いや……ローデリヒもなにも言っていなかったし、きっと気のせいだろう。

とにかく俺は忙しすぎるんだ。

＊　＊　＊

「ははは！　四十年もの歳月を経て、ようやく私ドラン公爵は、その身に相応《ふさわ》しい屋敷に戻ってきた。今日はそのお祝いなので、みなさま存分に料理と酒をお楽しみください。殿下もですぞ」

「そうだな」


今日はバウマイスター辺境伯も引っ越し祝いのパーティーをしているのだが、私の立場ではドラン公爵の引っ越しパーティーに参加するしかなかった。

相手は公爵なので気を使う必要があるし、親戚でもあるからな。

確かに、相当気合を入れた料理やお酒が出ているが……。

「(ヴェンデリンの方のパーティーに出たかった……。しかしながら、彼は以前よりも王城に近い屋敷に引っ越した。ということは……)」

もしかしたら、引っ越しパーティーなどという公的なものではなく、これからはお忍びで開かれる私的なホームパーティーに呼ばれる?

「(そうだ！　なにしろ私とヴェンデリンは親戚同士になるんだからな。元ドラン公爵邸なら、私はすぐに駆けつけられる。これから楽しみだなぁ)」

「殿下、大変楽しんでいただいているようでなによりです」

「(いつ、ヴェンデリンは私をホームパーティーに招待してくれるかな？　まだ引っ越したばかりだから少し時間がかかるかもしれないかぁ)」

いつヴェンデリンにホームパーティーに誘われるかわからない。

明日からは、早めにできる仕事はすぐに片付けて、その時に備えることにしよう。

第七話　バカとインコ

併合したアキツシマ島《トウ》と南方諸島以南の領域、バウマイスター辺境伯領本領の開発も順調に進んでおり、それに隣接するブライヒレーダー辺境伯領も好景気に沸いていた。

西部における魔族との緊張関係と、一向に進まない交易交渉などの問題はあったが、交渉は続いているので軍事的な脅威は逆に低下している。

魔族の軍人には冷静な者が多く、暴発の危険も少なかった。

それよりも、魔族側は足手纏《まと》いの青年軍属の数を増やしてしまい、魔族の軍人たちは彼らの管理で忙しいようだ。

誰が見ても青年軍属たちは足手纏いなのだが、もう用事がないからといって、すぐに放逐などもできない。

彼らを無職に戻してしまうと、失業率が悪化して政府批判が強まるからだそうだ。

それに交易交渉はなかなか進まず、人間との緊迫関係がなくなったわけではない。

だが軍人の増強は事実上不可能であり、なら青年軍属でもいいかと、軍事に詳しくない政治家が数は戦力という考えに至る。

魔族は全員魔法使いだからあながち間違った考えでもない。

彼らに職があれば雇用統計もよくなるし、給金を出しているのだから彼らがお金を使えば景気もよくなるであろう。

あんな無人島で、貰《もら》った金をどう使うのかという疑問もなくはないが。

そんな理由で、テラハレス諸島には多くの魔族の若者たちがいた。

させることというか、任せられる仕事が少ないので、効率は無視して建物など色々なものを作らせていた。

魔族側は、テラハレス諸島を人間と魔族との交流拠点にしたいらしい。

新聞などで、進歩的と言われている政治評論家やコメンテーターがインタビューにそう答えているとモールたちが教えてくれた。

『魔族と人間による友好の懸け橋とか言っているね。度が過ぎた性善説を元にしたお花畑発言は彼らのお仕事だから。魔族も現実を直視するだけでは生きていけないから、ああいう手合いも必要なのかもね』

『それが元で戦争になったら本末転倒だけど、そうなったらそうなったで、彼らは戦争反対を声高に言うお仕事が増えるから』

『拗《こじ》らせた中途半端なエリートはどうしようもないね』

モールたちは相変わらず冷めており、同朋に辛辣《しんらつ》だったが、間違ったことは言っていない。

元々テラハレス諸島は、ホールミア辺境伯が領有権を主張している諸島だ。

勝手に色々と建てられてしまったら、気分がいいわけがない。

領地を魔族に奪われたままなので、寄子《よりこ》や他の貴族たちへの面子《メンツ》の問題もある。

ホールミア辺境伯は反発を強めているが、かといって単独での諸島奪還は不可能であった。

交渉が続いている以上は王国軍も事を荒立てないし、ならば他の貴族も援軍を出すことはないであろう。

それに、大軍を維持し続けると経費の問題が出てくる。

それでも軍勢で圧力をかけながら奪われた領地を返せと文句を言い続ける必要はあり、ホールミア辺境伯は資金繰りに四苦八苦していると噂《うわさ》になっていた。

そんな複雑な情勢ではあるのだが、人間とは慣れる生き物だ。

次第に西部以外の地域は、普段と変わらない生活に戻っていった。

どうやら戦争にはならないようだとわかると、みんな遠い西部のことなど気にしなくなってしまったのだ。

俺たちも南部の開発で忙しいので、西部のことなどあまり気にかけなくなっている。


そんな状態なので、今日の俺は久々にブライヒブルクに顔を出していた。

開発の手伝いをしてもらっているお礼もあるし、俺が辺境伯に陞爵《しょうしゃく》したその説明などもある。

彼の娘フィリーネは婚約者なので、定期的にその顔を見に行って仲がいいことを周囲にアピールもしないといけない。

政略結婚であるが、彼女が成人するまで無視するわけにもいかない。

なんとも貴族らしい行動で、自然にそういう風に振る舞う俺も貴族生活に慣れたものだ。

幸い、彼女は内乱の時に長期間一緒にいたのでエリーゼたちとも仲がよかったし、俺も好かれていた。

そんな俺にフィリーネは顔を合わせるとすぐに陞爵したお祝いを述べてくれた。

「ヴェンデリン様、辺境伯への陞爵おめでとうございます」

「ありがとう、フィリーネ」

「なにか妙なことになりましたね」

「そうですね」

この人事の変な部分は、俺もブライヒレーダー辺境伯も爵位は同じなのに、俺が寄子なのは変わらないという部分だ。

俺たちでも少し違和感があるのに、外野が変だと思わないはずがない。

「予想どおりでしたが、王国はこうやって地味に手を打ってきますね」

「やはり、離間の策ですか？」

「そこまで露骨じゃないですけどね。我々が死んでから、王国は国土の管理区分を変えるのかもしれません」

王国は確定したバウマイスター辺境伯領の南部を探索する予定なので、もし大陸や島があったら入植させるつもりであろう。

王国自身も力を増しつつ、ブライヒレーダー辺境伯家を中南部担当、バウマイスター辺境伯家を南部担当にして、管理区分を切り離して両者が必要以上に親密になるのを防ぐ。

俺とブライヒレーダー辺境伯が存命のうちは不可能だが、代を経ると両者に溝ができる可能性が高かった。

王国は、随分と長い目で貴族の管理を行っているようだ。

「先のことは誰にもわからないのですが、なるべく今のような親密な関係でいきたいですけどね。

もうすぐフィリーネもバウマイスター辺境伯に嫁ぎますからね」

ただ、彼女は母親の身分が低いので、奥さんとしての序列はさほど高くない。

それに、貴族の血縁関係は一代か二代でリセットされる。

百年後、ブライヒレーダー辺境伯家とバウマイスター辺境伯家が紛争を……なんて未来もあるかもしれないが、現時点でそれを心配しても意味がない。

「ヴェンデリン様、お茶をお淹《い》れしました」

「ありがとう、フィリーネ」

フィリーネはブライヒレーダー辺境伯家の娘となり、今はそれなりの教育も受けているそうだ。

実質花嫁修業であったが、少し前までは平民の娘として生活し家事なども手伝っており、お茶なども上手《うま》く淹れられる。

早速ひと口飲むが、その腕前はエリーゼと遜色なかった。

「フィリーネはお茶を淹れるのが上手だな」

「ありがとうございます、ヴェンデリン様」

そう言いながら、にこやかに笑うフィリーネのおかげで場が和んだ。

ただ一つ勘弁してほしいと思ったのは、フィリーネがマナーに従って最初に俺にお茶を出したのに、ブライヒレーダー辺境伯があからさまに不満そうな顔をしていたことだ。

可愛《かわい》い一人娘が、父親である自分より先に、俺にお茶を出したことが気に入らないのであろうか。

彼の表情を見た奥さんがすぐにひじ打ちをして、元の表情に戻っているが。

「お土産があるから一緒に食べようか？」

「はい」

屋敷で作らせた魔の森産のフルーツを使ったケーキを持参していたので、フィリーネも加わってオヤツの時間となった。

「随分と領地が広がりましたね」

「海の方が多いですけどね」

一番大きな島はアキツシマ島で、二番目に大きいのが、ルルがいた魔物の領域だらけの島。

他にも百を超える無人島があったが、数百人も住めばいっぱいになってしまうような島ばかりだ。

もっと小さな無人島も入れれば数百は超えると思うが、開発の効率は悪いと思う。

なにしろ、海には大量のサーペントがいるのだから。

「退治できませんか？」

「数が多すぎるのですよ」

現在も手が空いているアキツシマ島の魔法使いたちが討伐を行っているが、中級以下の彼らではさほど成果が出ない。

下手に頑張らせすぎると犠牲者が出てしまう。

魔法使いは貴重なので死なせるわけにいかず、サーペント退治を慎重にすればするほど効率は落ちてしまうのだ。

開発が最優先のため、暫《しばら》くは海路を使わない方がいいであろう。

「幸い、魔導飛行船も確保できていますから」

バウマイスター辺境伯領本領各地と、島々を結ぶ定期航路はこれからも増強する予定だ。

船員の教育には時間がかかるが、これは時間が解決してくれるはず。

「それはよかったですね。うちも好景気で万々歳ですよ。隣の小領主たちも最近は大人しいですね」

ブライヒレーダー辺境伯領の隣には、多くの小領主たちの領地が集まったエリアがある。

当主が代わると自分の力を領民や家臣に見せつけるためであろう、係争事案がある隣の領主と紛争を起こすケースが多かった。

紛争に至らなくても、寄親《よりおや》であるブライヒレーダー辺境伯に裁定を頼む貴族も多い。

さらに凄《すご》いのが、ブライヒレーダー辺境伯家に紛争を仕掛ける貴族もいるらしい。

『○○家の新当主たる私は、寄親であるブライヒレーダー辺境伯家にも怖気《おじけ》づくことはないのだ！』と、領民たちに対し強い領主をアピールするわけだ。

この辺の考え方は、地球の反社会的組織とそう変わらない。

毎度巻き込まれるブライヒレーダー辺境伯家当主が不幸であった。

寄親の一番面倒な仕事らしいが、頻度は少し下がったそうだ。

「酷《ひど》い理由で紛争が起こるのですね」

「我が家は、代々こんな連中の相手をしているのですよ。バウマイスター辺境伯家がブライヒレーダー辺境伯家の寄子を続けるという奇妙な状態をどうして王国すら認めているのかといえば、バウマイスター辺境伯家が独立すると、この連中が新たな活動を始めるからです」

『バウマイスター辺境伯家の寄子になるので、ブライヒレーダー辺境伯家が自分たちに下した不利な裁定を改善してください』とか言い出しかねない。

少しでも自分たちに有利になるのなら、これまでブライヒレーダー辺境伯家から受けた恩すら仇《あだ》で返すかもしれないというわけだ。

「地方の小領主なんて、みんなが思っているほど裕福ではありませんしね。収入が入っても、すぐに経費で飛んでいきますし。少しでも利益を得ようと必死なのですよ」

事情は理解できるが、まだ貴族として経験の浅いバウマイスター辺境伯家が彼らの利害調整なんてできないので、下手をすると南部が混乱してしまうかもしれない。

そうなれば王国も損をするので、うちがブライヒレーダー辺境伯家の寄子のままでいてもなにも言わないわけだ。

あと百年も経《た》てば、話は別なのであろうが。

「今はこれでも落ち着いていますよ。バウマイスター辺境伯領への出稼ぎに、開発に必要な物資の販売で潤っていますからね。猫の額のような土地を争う暇があったら、仕事でもした方が金になりますからね」

金持ち喧嘩《けんか》せず。

金持ちとまではいかないが、好景気なので紛争する暇がないというわけだ。

「開発特需が終われば、元の木阿弥《もくあみ》かもしれませんが」

かもしれないが、そう簡単に開発が終わるはずもない。

なにしろ、俺は今、もの凄く忙しいのだから。

俺が忙しいということは、それに大規模な開発が不随するわけだ。

ローデリヒに言わせると、俺には一年三百六十五日、二十四時間ずっと働いてもらっても構わない、できればそれが理想だと、かなり怖いことを言っていた。

勿論《もちろん》、物理的に不可能なので、ローデリヒが微ブラック程度にスケジュールを組んでいた。

先に厳しい発言で俺を脅し、そのあと忙しい日程を俺に提案する。

すると不思議なことに、俺は結構楽なスケジュールなのではないかと錯覚してしまうわけだ。

俺は、ローデリヒによって完全にコントロールされていた。

「魔族についても心配したのですが。あの様子だと数年は動かないですね」

「双方の利害関係の調整はそう簡単に終わらないでしょう」

「魔道具ギルドも、後継者争いで揉《も》めていますからね」

魔族から魔道具を輸入してしまうと、ヘルムート王国の魔道具職人が失業してしまう。

帝国の魔道具ギルドとも組み、彼らは魔道具輸入の断固阻止を目論《もくろ》んでいた。

なまじ金も力もある組織なので、見事に交渉の足を引っ張っているわけだ。

先日、強権を駆使していた会長が亡くなったのもよくなかった。

これに次期会長人事の争いも加わり、残念ながら交渉が進むことはないであろう。

テラハレス諸島に建設された建物の中で、魔族、王国、帝国の代表者たちが、なにも進まない交渉に辟易《へきえき》しているのが目に浮かぶ。

「どうせ誰を投入しても交渉が進むわけがなく、むしろ魔道具ギルドを敵に回す危険もありますからね。誰も交渉を進めません」

帝国もそれは同じで、みんな魔道具ギルドから恨まれたくないので、適当に時間を潰《つぶ》しているという状態であった。

俺もそこに加わろうとは思わない。

他にやることがいくらでもあり、現状のままでなにも困っていないからだ。

アキツシマ島では魔王様から中古魔道具を輸入して開発を進めていたが、あの島は暫く部外者が誰も入れない。

もし見つかっても、古い魔道具なので発掘品だと言って誤魔化すつもりであった。

「バウマイスター辺境伯は、異民族対策で忙しいようですね。ですが、私の可愛い娘であるフィリーネに会いに来ていただかないと」

そうすることで、周囲にバウマイスター辺境伯家とブライヒレーダー辺境伯家との関係が良好なことを知らしめる。

王国政府による分断策に対抗するわけだ。

「ところで小耳に挟んだのですが、バウマイスター辺境伯は併合したアキツシマ島の有力者の娘を嫁に迎えるそうで？」

「有力者本人です」

「本人なのですか？」

「ええ」

秋津洲《アキツシマ》家も細川《ホソカワ》家も、本家一族の生き残りが涼子《リョウコ》と雪《ユキ》だけとなったため、女性ながら例外的に家督を継いでいる。

二人は独身なので、バウマイスター辺境伯家がアキツシマ島の支配力を強めるためには、二人がバウマイスター辺境伯家の家系を継ぐ子を産み、その子がアキツシマ島の代官、副代官になればいい。

つまり、俺が二人を娶《めと》るわけだ。

「ううう……。仕方がありません……」

生まれながらの大貴族であるブライヒレーダー辺境伯は、俺がそうせざるを得ないことを誰よりも理解していた。

ところが可愛い娘の父親としては、これ以上俺に嫁が増えるとフィリーネが蔑《ないがし》ろにされるのではないかと心配しているわけだ。

「聞けば、元名門有力領主の娘と、他の島の村長も娶るとか?」

「あの二人は……」

まだ五歳である二人なので、正式にそう決まっているわけではない。

今は子供なので、保護しているだけであった。

二人とも年齢以上に大人びており、俺の嫁になる気マンマンで、アグネスたちが危機感を募らせていた。

「弟子の三人もそうですよね? あの娘たちは、年齢的にそう先の話でもないですよね?」

「はい……」

アグネスはすでに成人しており、ベッティは来年、シンディは再来年成人してしまう。

三人に関しては、ローデリヒから開発で役に立つので絶対にと釘《くぎ》を刺されていた。

以上のように、俺はブライヒレーダー辺境伯からも心配されてしまう状況なのだ。

別に、俺が望んでこうなったわけではなく、人生なにがあるかわからないということだ。

「ヴェンデリン様は凄いですね」

「凄いのかな？」

「はい、お父様のご本に沢山奥さんがいる貴族様のお話がありました」

「ブライヒレーダー辺境伯……」

あんた、娘になにを見せているのだ？

「旦那様！」

「いいお話なんですよ？」

ブライヒレーダー辺境伯は俺に続き、奥さんにも怒られていた。

あらすじだけ聞くと、女の子が読むお話じゃないよな。

「お父様。フィリーネは、たとえヴェンデリン様に奥さんが何人いても、仲良くできると思います」

「そうですよね。フィリーネは私の娘なのですから！」

ここでまた、ブライヒレーダー辺境伯の親バカ発言が飛び出した。

とはいえ、俺もあまり心配ないと思っている。

なにしろフィリーネは、あの導師と友達になれてしまうほど博愛精神に満ち、肝も据わっているのだから。

「ですので、フィリーネも早めにヴェンデリン様のお屋敷に住まわせていただこうかと」

婚約者として、事前に俺の屋敷に住んでしまう。

実はこの手法、エリーゼもホーエンハイム枢機卿の指示で行っている。

イーナとルイーゼも同じで、王都屋敷で二年半以上も一緒に住み、おかげで三人が俺の妻だとすべての貴族が理解した。

虫がつかないようにする、非常に効果的な作戦なのだ。

「いけません！」

「なぜです？　旦那様」

フィリーネが今から俺の屋敷に住むと言うと、ブライヒレーダー辺境伯が全力で反対した。

とてもいい策だと思っていた奥さんも首を傾《かし》げている。

「まだ教育が終わっていませんし……」

「それは、向こうのお屋敷でやらせればいいじゃないですか。家庭教師と教育係なら、うちから送り出せばいいのです」

フィリーネは未成年であり、十歳頃まで平民として暮らしていた。

そのため今、色々と教育されているのだが、別にブライヒブルクでやらなくても、バウルブルクでやっても結果は同じであろう。

ブライヒレーダー辺境伯家が、そんな金を出せないなんてあり得ない。

フィリーネが俺に嫁ぐということを世間に知らしめるには、とても効率のいい方法なのだ。

特に奥さんは賛成のようだ。

「いえ、いえ、いえ！　駄目です！　フィリーネは成人するまで私と暮らすのです！」

「旦那様……」

ブライヒレーダー辺境伯は、ようやく一緒に暮らせるようになったフィリーネをまだ手放したくないのだ。

彼女がいなくなると寂しくなるので、俺の屋敷で暮らすのは成人後嫁ぐ時でいいのだと断固反対し、それに気がついた奥さんが頭を抱えていた。

「フィリーネがバウルブルクのお屋敷に住むようになれば、他の貴族のちょっかいも防げます！」

一緒に住んでしまえば、ここで婚約破棄になることは滅多にない。

二人の関係を世間に知らせるには最適な手なのだ。

「フィリーネは、バウマイスター辺境伯様のお屋敷に住むことに不安はありませんよね？」

「はい、お義母《かあ》様。エリーゼ様たちがいらっしゃいますし、バウマイスター辺境伯様もお優しいですから」

あの村から保護して以来、フィリーネは俺たちと仲良くやってきた。

一緒に暮らしても大丈夫だと思うのだ。

「そうですか。あなた、フィリーネがそう言っていますよ」

「フィリーネ、お父さんと暮らすのが嫌ですか？」

「いいえ、お父様と暮らすのは楽しいです。お父様もお義母様も大好きですから」

「フィリーネぇ――――！」

フィリーネに好きだと言われたブライヒレーダー辺境伯は、なにか用事を仰せつかった時のため部屋の隅で待機していたメイドたちが引くほどに喜び、感極まって泣きだした。

「フィリーネにそう言ってもらえると嬉《うれ》しいですけど、私たちは貴族なのです。時に、エリーゼさんと同じことをする必要もあるのですよ」

フィリーネが俺に嫁ぐのは決定事項。

そういう風に世間に思わせたいわけだ。

「待ってください！　ようは、フィリーネは絶対バウマイスター辺境伯家に嫁ぐと周囲が思えばいいのですよね？」

「そうですね」

「ならば簡単です！　今度のバウマイスター辺境伯の陞爵お祝いのパーティー。ここで、バウマイスター辺境伯がフィリーネをエスコートすればいいのです」

そういえば、そんな行事の準備をローデリヒがしていたような……。

いざ出席となると面倒そうだなと思っていた。

「まあ、その方法ならば……」

「フィリーネは、バウマイスター辺境伯の婚約者としてパーティーでエスコートされるのですよ」

「お父様、ブライヒレーダー辺境伯家の娘として恥ずかしくないよう、今からちゃんとお勉強をします」

「さすがは私の娘です！」

再び感極まって泣き始めるブライヒレーダー辺境伯。

俺が思うに、ブライヒレーダー辺境伯が親バカなのもあるが、もしかしたらあの叔母上にフィリーネの爪の垢《あか》でも飲ませたいと思っているのかもしれない。

俺からは、絶対に口には出せない本音であったが。

＊　＊　＊

開発が進むアキツシマ島であったが、夏休み中の魔王様は、遊び時々仕事の日々を送っていた。

「フジコ、九九は覚えたか？」

「なんとかな。ろくしち四十三」

「四十二だぞ、フジコ」

「しちは五十六」

「う―――ん、九九はルルの方が覚えも早いな」


魔王様は、藤子《フジコ》やルルと遊んだり、簡単な計算や漢字などを教えるようになっていた。

すでに夏休みの宿題も終わり、遊んでばかりいるのもなんなので、二人に勉強を教えていたのだ。

モールたちは仕入れた魔道具の配置、使い方の指導、簡単な修理、農業の指導で忙しく、島中を飛び回っていた。

元々魔力がある魔族には、飛べる資質がある者も多い。

今は近代的な生活の影響で、わざわざ『飛翔《ひしょう》』を習う者は少ないそうだが、ちょっと訓練すれば簡単に飛べるようになる。

彼らは結婚する予定なので、今のうちに出張手当で稼いでおきたいと、今までの無職ぶりが嘘《うそ》のように真面目に働いていた。

アキツシマ島のあちこちを魔法で飛び回っている。

「バウマイスター辺境伯か。陸爵とはめでたいではないか」

「大変なだけのような気もする」

「まあ、貴族が大変なのはいつの世も同じだ。余も昔の王であれば忙しかったであろう」

今の魔王様は小学生なので、夏休みの宿題が終わればそうでもなかった。

藤子とルルの他にも、領主階級の子供たちと遊んだりしている。

この島の人間は一万年以上も鎖国をしていたようなものなのに、魔王様をはじめとする魔族にあまり抵抗を感じていなかった。

そういえば俺たちに対してもそうであったが、雪と唯《ユイ》に聞くと、この島の住民はみんな実力がある魔法使いには敬意を払うものらしい。

『特に、お館《やかた》様たちは井戸を掘りました。敬意を受けて当然です』

黒硬石の岩盤に、魔法使いの魔力が中級以下となった時点で、この島の住民は自力で井戸を掘れなくなった。

そこに外部からとはいえ、井戸を掘れる俺たちが現れた。

魔王様は俺以上の魔力を持っているし、モールたちは中級レベルだが、多くの魔道具を持参し、積極的に指導を行って住民たちの尊敬を受けている。

あまり魔族だからとか、そういうことは思っていないらしい。

この辺の柔軟さは、リンガイア大陸の人間も見習った方がいいと思う。

魔族の国ではゴミ、ガラクタ扱いの魔道具でも、この国ではもの凄く役に立つ。

向こうでは毎年のように新製品が出ており、古い魔道具など見向きもされないそうだ。

ゴミとして捨てるにも処理費用が必要で、中には人気《ひとけ》のない山などに勝手に古い魔道具を捨ててしまう者もいるらしい。

優秀な宰相であるライラさんはこれらの品を安く手に入れ、魔法の袋に入れてこちらに流してくれた。

それを使っての開発は順調に進んでおり、島は農地が増え、道も広く整備され、新しい村や町の建設も進んでいる。

作物の種も、ライラさんが古い品種や園芸用のものを大量に提供してくれた。

魔族の国では作っても金にならないそうだが、アキツシマ島の従来種よりは圧倒的に収穫量も味もいい。

実は、バウマイスター辺境伯領本領でも実験栽培している。

地下遺跡で見つかった種と合わせて実験農場で栽培を行って農家に配る種を生産、他に品種改良なども進めていた。

本領からの交易の飛行船も最低週に二度は来るようになり、戦がなくなって力があり余っている島の者たちは、導師とブランタークさんに指導されて周辺海域に大量にいるサーペントの討伐をしたり、ルルがいた島にある魔物の領域で、冒険者稼業に精を出すようになった。

その成果により報酬を手に入れ、その金を元に商売をしたり農地を開墾したりしている名族が増えている。

彼らは領主ではなくなったが、バウマイスター辺境伯家の陪臣となり、親族に商売や開墾をさせて元領主家に相応《ふさわ》しい収入を得られるようになった。

領地が細切れでなくなったので開発も効率よく進み、島は急速に発展している。

このまま人口が増えれば、将来は周辺にある中小の無人島に移住を行う予定となっていた。

時が経てば、バウマイスター辺境伯領本領への移住もできるであろう。

「ようやくこの地は落ち着きを取り戻しつつあるようだ。バウマイスター辺境伯の功績だな」

「犠牲がほとんど出なかったからでしょう」

魔王様が俺を褒めてくれたが、上手くいったのは偶然の要素も強いと思う。

もし統一の過程で多くの犠牲が出ていたら、俺たちはこの島の住民たちから恐れられていたかもしれないのだから。

「バウマイスター辺境伯よりも、むしろ身内の三人の方が凶悪だったからな」

魔王様は、織田信長《オダノブナガ》、武田信玄《タケダシンゲン》、上杉謙信《ウエスギケンシン》のＤＱＮ三人娘のことを言っているのだと思う。

彼女たちは家督争い、ルール無視の本気の戦、領地の争奪戦で、島の住民たちに非難される身となってしまった。

今はその贖罪《しょくざい》として、サーペント退治と魔物の領域での討伐に専念している。

血の気が多いみたいなので、あの三人には常に敵がいた方がいいのであろう。

「随分とバウマイスター辺境伯に執心なようだがな」

俺が三人よりも強い魔法使いなので、俺との間に子供が生まれれば強力な魔法使いが誕生し、島でも有力な陪臣になれると野心を燃やしているそうだ。

顔やスタイルは悪くないが、如何《いかん》せんあの性格なので、勘弁してほしいと思う。

それにだ。

あの三人を嫁にしたら、他の領主たちが『じゃあ自分の娘も！』と言い出しかねない。

涼子、雪が産んだ子と、有力領主の子弟が縁戚関係となる。

こうした方がいいと言ったのは、ローデリヒであった。

『お館様は貴種なのです。だから島での最初の婚姻は、限られた家だけの方がかえって尊ばれます』

バウマイスター辺境伯家と婚姻関係を結べた秋津洲家と細川家は、特別というわけだ。

あとは、唯さんもか。

藤子と共に、これはあとで考えよう。

「あの三人娘は、義智《ヨシトシ》あたりがちょうどいい」

最後まで俺に挑戦してきた宗《そう》義智も、今のままでは俺に勝てぬと導師に師事し、サーペントの討伐など、実戦も兼ねた修行の日々を送っている。

お互い暑苦しい同士だし、義智とDQN三人娘が結婚すればいいのだ。

「そうなると、生まれてきた子供もバウマイスター辺境伯に挑んでくるかもしれぬな」

DQNのエリート家系ってわけか。

子供にとって家族の影響は大だから、血の気が多い子供が育ってしまうかもしれない。

「でも大丈夫！　フリードリヒたちが負けるはずないさ」

まだ赤ん坊のフリードリヒたちだが、きっと俺をも超える魔法使いになってくれるさ。

もう少し大きくなったら、基礎的な瞑想《めいそう》から教えないといけない。

子供と魔法の修行かぁ……今からとても楽しみだな。

「子供か。余も、いつか婿を迎えて次代の王を産まねばならぬ。まだ大分先だがな」

あの現代日本風の魔族社会で、魔王の婿になる人っているのであろうか？

「ライラさんが男性だったらいいのにね」

「余もそう思うな」

あれだけ優秀な人なら、魔王様のいい婿になったと思うのに。

「だが、今その手の話はライラにはしないでくれ」

「どうしてですか？」

「モールたちがなぁ……結婚は悪くないのだが……」

魔王様の農業法人に就職したモールたちは、最初綺麗《きれい》で仕事もできるライラさんに惚《ほ》れてちょっかいをかけていたらしい。

「ライラは優秀なんだが、ちょっと男女の機微に疎くてな。余を支えるため今まで恋人などいたことがなく、その手の経験も少ないというか……」

つまり、美しく、仕事ができる、でも男性が近寄りがたい女性というわけか。

「周囲は、ライラがモールたちを冷たくあしらっていると思っていた。だが、つき合いが長い余から見ると、実は喜んでいたのだ。うん、余にはわかる」

魔王様は、たとえお子様でも男女の機微に聡《さと》いという利点があったのか。

それがなんの役に立つのかと言われると困ってしまうのだが。

「ライラとしては、もっと追ってほしかったのだと思う」

俺もそうだが、恋愛経験が少ない人がそういう駆け引きをすると、あまりいい結果を得られないケースが多いというか……。

「モールたちはライラが脈ナシとみたら、他の若い女性社員を口説き始めてな」

あいつら、エリーゼたちを素直に可愛いと言って話しかけたり、人間に臆しなかったりと、意外と図太く度胸もあった。

その辺は、恩師であるアーネストとそっくりであった。

アーネストも、なんだかんだ言いつつもあの三人を気に入っているからな。

モールたちは休みの日に、この島で学術調査をしているアーネストを無償で手伝ったりするようになっていたのだから。

「というわけでだ。ライラにその手の話はしないでくれ」

「わかりました」

ライラさんは仕事に生きる女性だと思っていたのだが、恋愛にも興味があったのか。

あれだけの美人が、今まで一度も男性とつき合ったことがないってのは凄いけど。

「ライラは美人なので、男性の方が尻込みする」

「そういうのはあるかもしれないですね」

とはいえ、前世の会社で美人だった人って大半は彼氏とかいたけどね。

ライラさんのなにが駄目なのか、俺にはわからん。

「そういえば、明々後日《しあさって》にはキャンプに連れていってくれるそうだな」

「夏休みの思い出ですよ」

「絵日記には多少の改ざんが必要だがな」

魔王様たちの活動は違法ではないが脱法に近いので、魔王様の夏休みの絵日記には農業法人のみんなでキャンプに出かけたと改ざんされる予定であった。

実際にはアキツシマ島の開発が順調なので、アキツシマ組と魔王様、モールたちを誘ってのキャンプとなる。

「フジコとルルも来るのか。楽しみにしておるぞ」

「俺も楽しみにしていますよ」

モールたちは、前世の日本人にメンタルが似ていてつき合いやすいからな。

「その前に、ひと仕事ありますけどね」

「あの連中のお供か？」

「あ――――、面倒だなぁ……」

「あんなのでも、臣下は臣下だ。飼い慣らすのも大切な仕事だと思うぞ」

「ですよねぇ……」

同意見だけど、魔王様も何気に酷いことを言うよな。

俺は小学生なのにしっかりしている魔王様に諭され、ある場所へと魔法で移動するのであった。

＊　＊　＊

「バウマイスター伯爵っ！」

「辺境伯になったぞ」

「ならば辺境伯！　このぉ―――！　師匠により、さらに強者となった俺様の力を―――！」

約束の時間に約束の場所に到着すると、突然バカが勝負を挑んできた。

このところ導師に預けていたため大人しかった、宗義智のバカである。

「我が竜巻を攻撃力に転換！　必殺『トルネードパンチ！』」

バカは、腕に小さな竜巻を纏わせながら俺に殴りかかってきた。

いきなり巨大な竜巻を出して周囲に迷惑をかけない点だけは進歩したようだ。

それでも、いきなり主君に攻撃を仕掛けるのだから相変わらずとも言える。

「足元が留守だ」

「ふげぇ！」

時間が惜しいので、俺は魔法で手前に落とし穴を掘った。

なにも考えずに突進してきた義智はそれに嵌《はま》り、これにより彼の敗北が決定する。

「お前はアホか！」

「どこの世界に、お館様にいきなり勝負を挑む家臣がいるのだ！」

「困った男だ」

そして、落とし穴に頭から突っ込んだ義智の非常識さを非難する、織田信長、武田信玄、上杉謙信のDQN三人娘。

こいつらは、義智よりはマシ……。

「もしお館様になにかあったら、我と子作りができなくなるではないか！」

「そんなに勝負したかったら、その辺のサーペントとでも盛っていなさい！　私は、お館様といい感じになりますから」

「ガサツな女に、おチビで貧相な体の女、どちらもお館様の食指が動くものか。この私こそが恋の戦に勝利するのだ」

訂正する。

この三人も相変わらずだ。

導師め！

今日は忙しいからという理由で、俺にこんなのを押しつけやがって。

いっそ、お休みにしてしまえばよかったのに。

「うわぁ……。最悪」

「エル、なにを他人事《ひとごと》みたいに言ってくれているのかな？　今日はお前も同行するんだぞ」

「畜生！　クジ引きで負けなければ！」

「クジ引きなんてしたのか？」

なあ、エル。

どうして俺はクジ引きに参加できないで強制参加なんだよ？

「ヴェルがいないと、こいつらうるさいから。逆に言うと、ヴェルがいれば問題なし」

俺は、この三人の鎮静剤かなにかか？

「あ――あ。あたい、普段はそんなにクジ運悪くないんだけどなぁ……」

「たまにはそういうこともある。こういうのは、カタリーナが当たりやすい」

「確かにあいつ、旦那と同じくらいクジ運ないよな」

エルと共に同行する予定のカチヤとヴィルマも、あからさまに貧乏クジを引いたという顔をしていた。

俺も同じ気持ちなのに、俺には同行を避ける選択肢すらなかったのだが。

「しゃあない。あたいたちは初めての場所だ。なにか新しいものでも見つかればいいな」

「美味《おい》しいものがあると嬉しい」

今日は、普段導師が引率している一番の問題児宗義智と、DQN三人娘がちゃんと魔物を狩れるか確認をしつつ、ルルを保護してから他人任せだったこの島の魔物の領域の調査を行う予定だ。

メンバーは、俺、エル、カチヤ、ヴィルマ、宗義智、DQN三人娘。

半分が実力はともかく、人間性、協調性の面で役に立たないどころか最悪、足を引っ張るものと思われる。

導師でなければ、この野獣の群れは統率できないと俺は思うのだ。

現に、ブランタークさんに同行をお願いしたら今日は腹痛になった。

誰もが仮病だと思っており、そのくらいこの四人は酷いということだ。

早速、義智が俺に勝負を挑んできたが、魔法で掘った落とし穴に某○墓村みたいに足を出した状態で埋めてやった。

DQN三人娘は俺に迫る手段を考えており、もう既に帰りたくなってきた。

「ヴェル様、今日は適当にお茶を濁す」

「そうだな」

「無理をして奥に行くと死ぬかも」

魔物の領域なのに仲間割れくらい平気でしそうなので、入り口付近で適当に狩らせておくか。

「じゃあ、出発」

「なあ、旦那」

「なにか忘れ物か？」

「あれ、助けないでいいのか？」

「……バウマイスター辺境伯！　この永遠のライバル宗義智を助けないと、人生の後半で色々と後悔するぞ！」

やっぱり、こいつ腹立つな！

魔物の領域で死んだことにしても、俺は批判されないかもしれない。

「助けて、お館様」

と思ったら、急に口調が変わった。

仕方なしに引き上げてやったが、俺たちは魔物の領域に入る前に精神的に疲れてしまうのであった。

＊　＊　＊

「生息する魔物、採集できるものは本領南端の魔の森とそう差はないか」

「そうみたい」

「となると、距離のことを考えるとアキツシマ島以外の冒険者は集まらないかもな」

早速、魔物の領域に入って魔物や採集物の確認を行うが、気候が似ているせいか本領南端にある魔の森とそう変わらない。

魔物は手強《てごわ》いが、それは先行している義智とＤＱＮ三人娘が次々と倒した。

さすがは血の気が多い四人である。

「まさかこの状態で同士討ちはないか」

カチヤが心配するのもわかるが、よくよく考えてみるとこいつらには野心と欲がある。

魔物の巣で無駄な争いをして自爆などしないであろう。

導師の教育が役に立っているようで、ちゃんと四人で連携して獲物を獲《と》っていた。

「ヴェル様、果物いっぱい」

「ここもか」

果物もやはり非常に大きかった。

ヴィルマは喜んで採取し、カチヤは図鑑と見比べている。

「結構魔物が強いから、あいつらの血の気を抜くのにちょうどいい」

「確かにそうだ」

アキツシマ島が統一され、治安維持用の警備隊員以外の人員はすべてリストラとなった。

兵力の九割以上は徴兵された領民だったので、彼らは農作業や開発の手伝い、自ら農地を開拓して大農家を目指す者もいた。

領主一族やその家臣の親族などは、バウマイスター辺境伯家で陪臣になったり、実家や本家の事業を手伝ったりする者が大半だ。

残りはそういう仕事が性に合わないという連中で、彼らは冒険者となって魔物の領域で狩りと採集をしている。

ルルがいた島ではアキツシマ島以外の出身者に優先権を与えた。

遠く離れているのに得られるものに差がないのだから、これくらいの優遇は必要であろう。

そのおかげか、ルルの村の跡地に木造ながらも宿場町ができ、一定数の冒険者が利用するようになった。

彼らは数ヵ月この島で稼ぎ、長期休みで本領に戻るという生活を送る予定だ。

色々とやらかしている四人はどうせアキツシマ島に戻っても歓迎されないので、この島を生活の拠点にしていくのだろう。

「はははっ！　やっぱり俺様最高！」

「ここで凄腕《すごうで》冒険者となって、夜にお館様に呼ばれ……ふふふっ、勝利は間近だな」

「あんたみたいなガサツな女、お館様は死んでも嫌でしょう」

「信玄みたいなおチビでは、どうにもならん」

「やれやれ、駄目な女同士、醜い言い争いが絶えないな」

「『戦好きには言われたくない！』」

連携はちゃんとできていたが、四人が急に仲良くなるはずもない。

それぞれ好き勝手に言い争っている。

「ヴェル様、聞こえないフリ」

「ヴェル、それが一番安全だと思うぜ」

「あたいもそう思う」

俺たちは四人に警戒しつつ、連中をあまり見ないことにして、果物などの採集を行った。

「お館様」

「どうかしたか？」

数時間後、大分成果があがったところで、織田信長が俺に声をかけてきた。

「実は、ある地点で数名の冒険者が行方不明になっております」

「焦って奥まで行きすぎたのか？」

「それはあり得ません。入り口付近でも十分成果は出ますから、無理に奥に向かう理由がないのです」

この魔物の領域も、魔の森並みの密度と回復力を誇る。

それに、リストラされた兵士や武将は強かったが、全員が魔法使いではない。

血の気は多いが、無理をして奥に向かう者たちはいなかった。

「その場所に、なにかがあると？」

「そう思います」

「竜かな？」

数名のそこそこ強い冒険者が戻って来ない……死んでいる可能性が高いな。

多勢に無勢だったとか、思わぬ奇襲を受けたとか、それ以外だと、そこに強い魔物がいたとか。

「様子だけ見に行くか」

「大丈夫か？　ヴェル」

「大丈夫だよ」

俺たちは結構強い冒険者だと思うし、『探知』しながら魔物の強さは測れる。

もし強そうなら逃げてしまえばいいのだ。

「俺が大丈夫かって聞いているのは、主にあの連中なんだが……」

エルは、四人が無茶をしないかと心配していたのだ。

「ふふふっ、ここで最良の進言。お館様の気持ちは、この織田信長に向いたな」

「その程度の進言、誰にでもできるわよ」

「うるさいな、チビ」

「言いましたね。ガサツ女のくせに」

「相変わらず不毛な言い争いだ。ここでその新しい魔物とやらを討ち、お館様に献上すれば、私が夜の伽《とぎ》に呼ばれるであろう」

「「それはないな」」

「なんだとぉ！」

DQN三人娘は、人目も憚《はばか》らずに不毛な言い争いを続けていた。

というか、その俺に好かれるという妄想上のシナリオはなんとかならないのであろうか？

「エル、貰ってやれば？」

「いらないし、向こうが断るだろう。あいつらは、お前の子供を産んで、あの島での地位向上を狙っているんだから」

ＤＱＮ三人娘は、そういう知恵だけは回って困ってしまう。

いっそ、当主命令で義智にでも押しつけてやろうか。

「毒は毒で制する？」

「ヴィルマ、お前、ぶっちゃけたな」

「最悪、あの四人が無茶をして死んだとしても、私たちの責任じゃない」

「お前、本当にたまに凄いことを言うな」

ヴィルマの毒舌にカチヤは呆《あき》れていたが、それが間違っていると思う者は存在しなかった。

＊　＊　＊

「う――――ん」

「旦那、どうだ？」

「魔物の反応はちょっと多いけど、そこまで強くないはずだ」

信長に教わった行方不明者多発エリアへと向かうが、『探知』で探っても特に強い魔物の反応はなかった。

他のエリアと魔物の強さにそう差はないはず。

しいていえば、少し魔物の数が多いくらいか。

「そろそろ、そのエリアに入るぞ」

「ヴェル様、綺麗」

「はい？」

ヴィルマが指差した魔物を見ると、それはとても大きなインコであった。

赤、ピンク、オレンジ、黄色、緑、青、紫など。

鮮やかな原色の羽を持ち、あちこちの木に止まっている。

「綺麗な鳥だな。でも襲ってこないのな」

エルは、沢山いるインコがまったく襲ってこないことに違和感を覚えていた。

インコは間違いなく魔物だが、人間を見ても襲ってこない。

あちこちの木に止まって、たまにその辺の果物を食べている。

「餌が豊富だから、闘争本能が薄いのかもしれない」

「無理に他者を襲う必要がないのか」

エルは警戒を緩めていなかったが、こちらがいくら身構えてもインコは襲ってこなかった。

インコは前世、ペットショップで見たことがある。

種類によってはかなり大きく、長生きもするそうだ。

このエリアにいるインコは、小さくても全高二、三メートル。

大きな個体は全高五メートルほどあるはずだ。

インコといえど魔物なので、異常なまでに大きいのであろう。

だが俺たちを見ても一匹も襲ってこず、鳴き声で会話っぽいことをしたり、果物を食べることに夢中だった。

「拍子抜けだな、旦那。この鳥、えらく羽が綺麗だけど美味《うま》いのかな？」

「さあ？　カチヤ、それよりも羽の価値を気にした方がいいかもな」

これまでこの世界でインコを見たことがなかったのだが、こいつらは新種なのであろうか？

ただ、食えるかどうかまではわからない。

魔の森の魔物で美味しく食べられないものはまずいないから、多分大丈夫だと思うけど。

「一つだけ懸念があるな」

「こっちが攻撃すると、襲ってくるかもしれない」

「だよなぁ」

もしそうなって、しかもこのエリアにいるインコすべてが襲いかかってきたとしたら？

冒険者が死んだのだとしたら、こいつらに手を出したからだと考えても不思議じゃないんだよな。

「ここは手を出さず、大人数で狩った方が安全だよな？」

「それがいいな」

「集団で襲われたら堪《たま》らないものな。あたいも、引き揚げに賛成」

「無駄な危険は冒さない」

エル、カチヤ、ヴィルマが俺の意見に賛成し、では引き揚げようかとしたその時。

目を離していたのがいけなかったのだが、空気も読まずにバカ四人がやらかしてくれた。

「ははは！　今まで誰も狩ったことがない魔物か。弱いではないか！」

「これをお館様に献上し、夜の伽を……」

「信長、抜け駆けは許さないわ。私も狩ったわよ」

「お前らの小汚い体など、お館様は望んでおらぬ。ここは私が」

四人は導師によってさらに鍛えられた力を駆使し、それぞれ大きなインコを一匹ずつ仕留めてしまった。

いきなりインコを狩るのは危険だから今日はよそうと決めていたのに、こいつらは勝手にインコを狩ってしまったのだ。

「グェ――――!」

「「「ググゲェ――――!」」」

「「「「「「「「グゲェ――――!」」」」」」」」

俺にはインコ語はわからないが、仲間を殺されたインコたちは食事や休憩をやめてグエグエ鳴きながら会話らしきものをしている。

俺には、『仲間を殺したこいつらをどうする?』『殺すに決まっているだろう』と会話しているようにしか思えなかった。

「お前らなぁ! 勝手に狩ってるんじゃねえよ!」

この中で冒険者歴が一番長いカチヤが、誰よりも先に勝手な行動をした四人を叱《しか》った。

「弱い魔物じゃないか。心配するな、お館様よりも弱い女」

ところがバカな義智は、カチヤの名前すら覚えていなかった。

「カチヤ殿、何事も先手必勝!」

「なるほど、私に先に獲物を狩られてしまった嫉妬なのですね。私がお館様に寵愛《ちょうあい》を受けるであろうから」

「指示がなかったから、自主的に動いただけだ。私は戦でも常にそうだった。天才は勘で動くのだ」

「駄目だこりゃ」

この四人は、やはり色々と酷い。

平和になったアキツシマ島にはいない方が、みんなが幸せになれる種類の人間であった。

「ヴェル、ヤバイぞ」

「みたいだな」

段々と、インコたちの鳴き声による会話が大きくなり、同時に殺気も増していく。

どうやら思った以上に仲間思いのようで、仲間を殺した俺たちを許すつもりはないようだ。

「ここの鳥たちって、もしかしたらあの四人よりも人格が優れているのかもな」

「あはは……」

エルのジョークに、俺はただ笑うことしかできなかった。

「ヴェル様、もの凄い数」

今ヴィルマに指摘されて周囲の木々を見渡すと、枝々に大量のインコが止まっており、その数は増えていく一方であった。

数が多すぎて『探知』では正確な数はわからないが、いくら一匹が弱くても、あれだけの数が集まれば圧倒的な脅威となる。

「おや？　これは予想外だぁ――――！」

「予想外じゃねえよ！」

どこか無責任な義智に、エルが本気でキレた。

「お館様、これは危険です」

「臣下たる私は、お館様の慈悲に縋《すが》るべく……」

「こういうことは、戦と同じく水物なので」

これはまずいことをしたのかもと、脅威に気がついた三人はすぐに俺に助けを求めてきた。

本当に、こいつらはいい性格をしている。

「魔物の領域の中だ。あくまでも自己責任で！」

俺はエルたちを呼び寄せ、すぐに『瞬間移動』で魔物の領域の外にある宿場町の入り口に逃げることにした。

逃げに徹すれば死にはすまいと、俺は四人に罰を与えるべくその場に置き去りにしたのだ。

「あいつら、人に迷惑かけやがって」

「旦那、あいつら死んだかな？」

「そんなタマか！　殺しても死ぬわけがない！」

「ああいうのはしぶとい」

俺とヴィルマの予想どおり、一時間ほどして四人はインコの羽塗《まみ》れになって魔物の領域から出てきた。

留《とど》まって戦っていたら死んでいたであろうが、生き残るための選択は本能でできるらしい。

殺しても死なないとは、このことを言うのであろう。

「旦那、インコの死骸は？」

「一応あるけどね……」

一応、インコの死骸は持って帰ってきたが、この島の宿場町にも支部を出していた冒険者ギルドでの職員の鑑定により、さほど価値がないことが判明した。

果物ばかり食べているので肉は癖がなくて美味であったが、羽は衣服や装飾品の材料にしかならないそうだ。

一匹でも攻撃するとそのエリアにいる群れが全力で攻撃してくる性質を考えると、まったく割に合わない獲物として無視されるようになってしまうのであった。


「次こそは、バウマイスター辺境伯を打倒するぞ！」

「新しい魔物を探して、お館様に献上するのだ」

「それは私が先です」

「狩りも戦も同じこと。ならば、この戦の申し子である私が！」

やらかしてくれた四人は再び導師に預けたが、当然というか反省などするわけもなく。

義智は俺を打倒するために、信長たちはなにか功績を得て俺の寵愛を受けようと狩りに勤《いそ》しみ続けた結果、実力派冒険者パーティとして有名になってしまうのは、なんとも皮肉な話ではあったのだけど。

第八話　人間も魔族も、抜け道を探る

「バウマイスター辺境伯殿ですか。陞爵《しょうしゃく》、おめでとうございます」

「あら、フィリーネ様、とてもお似合いですわね」

「そうですわね。なにしろ、フィリーネ様は南部の雄ブライヒレーダー辺境伯家のご令嬢ですから」

「お二人のお子がバウマイスター辺境伯家を継げば、両家の仲ももっと深まるでしょうに」

「……」


特になにか利益があったわけでもないのだが、辺境伯になったということでバウルブルクの屋敷でお祝いのパーティーが行われた。

多くの貴族とその家族たち、主だった家臣、アルテリオをはじめとする大商人たちが参加し、めかしこんだ俺とフィリーネに次々とお祝いを述べていく。

俺は忙しいのと、元からやる気もなかったので準備はローデリヒに任せたんだが、金がかかっているというのに一部の参加者がろくなことを言わないから、空気がピリピリしている。

ブライヒレーダー辺境伯とどういう関係なのか知らないが、エリーゼも傍《そば》にいるというのに『フィリーネが正妻だったら、もっと両家の関係も深まるのにね』と煽《あお》ってきた。

エリーゼは気にしていない風でニコニコしていたが、ちょっと離れた場所にいるホーエンハイム枢機卿の代理で来た司祭が能面のような顔をしていた。

「(なんで高い金を払って、貴族同士の当てこすりを見聞きしなきゃならんのだ……)」

俺は好き好んで、そういうのを見る趣味はないんだが……。

「あと十年もすれば、バウマイスター辺境伯家こそが王国一の大貴族となるでしょうな」

「いえ、我が家は立ち上がったばかり。歴史ある辺境伯家のご歴々に比べれば、まだまだですよ」

今度は、別の貴族が煽ってきた。

俺が若造なので調子に乗せ、ブライヒレーダー辺境伯や他の大貴族たちと仲違《なかたが》いさせようとしているのであろう。

そんなことをしてなんになるのかと思わなくもないが、思えば前世で勤めていた商社でも偉い人たちが、無意味な足の引っ張り合いをしていたな。

生産性は皆無だが止めることもできず、人間とはそういう生き物なのだと思うしかない。

大体うちは、辺境伯家にしてはまだ人口などが全然足りないからな。

俺の辺境伯としての地位は、ブライヒレーダー辺境伯たち地方の取りまとめを行う三大辺境伯よりも下という位置づけだ。

そうしないと、俺がブライヒレーダー辺境伯の寄子《よりこ》なのはおかしいという話になってしまう。

バウマイスター家は新興貴族なので、辺境伯の中で一番格下にした方が丸く収まるという寸法だ。

昔のミズホ公爵のように『上級伯爵』とかそういう爵位を作ればいいと思うのだが、ヘルムート王国にはそういう前例は存在しないようだ。

中央の力が強いということは官僚の力も強いので、いきなり新しい爵位は作れなかったのであろう。

役人というのは、前例がないと積極的に動かない人種なのだから。

バウマイスター辺境伯家としても、ブライヒレーダー辺境伯の手助けがないと厳しいので、その方が都合がよかった。

「バウマイスター辺境伯殿、貴殿は当代の英雄ですな」

「左様、陛下の覚えもめでたいそうで。羨《うらや》ましい限りです」

「実は、我が娘が今度十五歳になりまして」

「うちの妹は十四歳です」

すべてローデリヒにより準備されたパーティーは盛況だが、どいつもこいつも俺におべんちゃらを使って取り入ろうと必死であった。

アキツシマ島《トウ》という新領土も得たので、なにか分け前が欲しいのであろう。

あと、あなたたちの娘や妹はいりません。

「領地は得ましたけど、これからですね」

まだ分けられる利益など出ておらず、完全にこちらの持ち出しのみ。

もし蓄えがある俺でなければ、開発予算と諸経費でとっくに破産していたであろう。

それがわかっているから、王国も俺に押しつけたのだ。

王国はアキツシマ島以南の南方と、いまだ誰も探索をしていない東方への進出に執着している。

魔族の国から帰還したリンガイアは、今度は東方への探索に赴く予定であった。

「フィリーネはよくやっていますね。よかった」

うるさい貴族をかわすためというわけではなく、俺とフィリーネはパーティー会場中を挨拶して回る。

出席者が多いので、エリーゼたちも数名ずつでそれぞれ挨拶に出向いていた。

俺の同行者がエリーゼでないのは、勿論《もちろん》フィリーネの宣伝のためだ。

エリーゼが俺の正妻なのは今さらな話だからな。

愛人の子供とはいえ、ブライヒレーダー辺境伯が娘を俺に嫁がせるということは、両者の関係は深いと、貴族たちにアピールするのが狙いだ。

着飾ったフィリーネは、ブライヒレーダー辺境伯による親の目はひいき目なのを差し引いても、貴族たちへの挨拶を卒なく着実にこなしていた。

未成年なのに、随分としっかりしているものだ。

度胸もあり、あの導師がお気に入りなのも理解できる。

ブライヒレーダー辺境伯は、娘の成長ぶりに一人感動していた。

隣では、奥さんが呆《あき》れていたが。

「旦那様、フィリーネなら大丈夫ですよ」

「大丈夫でしょうが、心配なのは親心なのですよ」

そして、誰よりも心配性であった。

ブライヒレーダー辺境伯からの、心配そうな視線が俺にも突き刺さる。

『ちゃんとフォローしろよ！』と言いたいのであろう。

俺から見たら、フィリーネにフォローの必要なんてないんだが。

「お父様、どうでしたか？」

「バウマイスター辺境伯はともかく、フィリーネは完璧でしたね」

挨拶回りを終えたフィリーネを、ブライヒレーダー辺境伯は褒めちぎった。

そこまで大げさに絶賛するほどかと思うのだが、この人は娘に異常に甘い。

それに対し、俺はどうでもいいと思っているようだ。

特になにも言われなかった。

別に、ブライヒレーダー辺境伯に褒められたいわけではないからどうでもいいけど。

「バウマイスター辺境伯様、せっかくの機会なのでフィリーネはそちらのお屋敷で成人まで……」

「駄目ですよ！　フィリーネには成人までブライヒブルクにいてもらわないと！」

そして再び、ブライヒレーダー辺境伯の奥さんがフィリーネをバウルブルクの屋敷に住まわせてはどうかと提案しようとしたが、すぐに察知したブライヒレーダー辺境伯によって阻止されてしまった。

フィリーネが嫁ぐのは仕方がないが、一秒でも長く娘と一緒に暮らしたいのであろう。

「旦那様、フィリーネはバウマイスター家の生活に一日でも早く慣れた方が……」

「駄目です！　成人するまでは！　まだ手習いも残っています！」

相変わらず強い口調で、ブライヒレーダー辺境伯はフィリーネを手放さないと言い張る。

「バウマイスター辺境伯は新領地の経営にも忙しく、余計な手間をかけさせてはいけません。フィリーネが定期的にバウルブルクに遊びに行けばいいのです。ええ、それが一番です」

いつになく、強く決めつけるように言うブライヒレーダー辺境伯。

そんなに娘と離れるのが嫌なのか……。

「ブライヒブルク〜バウルブルク間を航行する魔導飛行船の数も増えましたし、いつでも遊びに行けます。バウマイスター辺境伯が、『瞬間移動』で迎えに来てもいいですから」

婚約者とはいえ、フィリーネはまだ未成人である。

ブライヒレーダー辺境伯の提案の方が、こちらとしても楽であった。

そうでなくてもルルと藤子《フジコ》がおり、涼子《リョウコ》、雪《ユキ》、唯《ユイ》の件もある。

帝国内乱の時にも思ったが、異民族が住む土地を統治するのは大変なのだ。

下手に反乱になれば、王国から処罰を受けてしまう。

俺の嫁の数が増えるのは決定事項で、ローデリヒも婚姻でアキツシマ島が鎮まるのであればと安《あん》堵《ど》していた。

そのため、できればフィリーネの相手をするのはもう少しあとにしたかった。

他の貴族？

知らん！

俺にこれ以上娘を押しつけるな！

「実際問題、アキツシマ島の統治はどうなっているのですか？」

「今のところは順調ですかね」

実質ミズホ人なので――アキツシマ島の人間にミズホ人というと怒るのでアキツシマ人と呼ばないといけないが――戦闘民族的な理由で警戒したが、俺が魔法の力を見せたのがよかったらしい。

統一で犠牲もほとんど出ておらず、その犠牲は戦のルールを無視した同朋だったというのも大きい。

島の開発がバウマイスター辺境伯家主導で進み、人口が増えた時の外部への移住も可能になった。

血の気の多い連中は魔物の領域で稼がせており、あとは俺が死ぬまでに統治体制を安定化させるのみというわけだ。

「それはよかったです。なにしろ、肝心の王国と魔族との交渉がイマイチなので」

帝国も加わり、三者には色々な考えを持つ有力者がいて勢力がある。

すぐに纏《まと》まらなくて当然とも言えた。

「最近、発掘品を開発に使用しているそうですね」

「盗難を防ぐ仕組みを作ったので」

「それは羨ましい限りです」

実はそれだけでは足りなくなり、魔王様の会社から色々な魔道具を格安で購入しているのだが。

魔族の国では粗大ゴミ扱いの様々な魔道具を大量に仕入れ、アキツシマ島だけでなくバウマイスター辺境伯領各地の開発にも使っていた。

違法というか脱法行為なのだが、そうでもしないと領地が広がりすぎて俺だけではもうどうにもならなくなってきたのだ。

魔道具で機械化しないと開発が進まず、なら王国の魔道具ギルドが必要なものを販売してくれるかというと、技術力の不足で車両、農業機械、海水ろ過装置に類する魔道具など存在しなかった。

他のものも生産量は不足しており、それもあって価格が異常に高い。

それでも入手できればいいが、実際には在庫不足で予約待ちの状態であった。

普通は輸入を検討するレベルだが、もし魔族の国から高性能で価格も手ごろな魔道具が輸入されると、魔道具ギルドの凋落《ちょうらく》は確実。

彼らは帝国の魔道具ギルドと組んで魔道具輸入の絶対阻止に動き、その途中で魔道具ギルドのトップが死んだものだから余計に混乱している。

これで交渉が纏まるようなら、逆に騙《だま》されて不平等条約を結んだのかもしれないと疑ってしまう。

「とはいえ、なにか状況が変わったわけでもないのです。王国は全体的に開発が進んでいますし、帝国も内乱のおかげで中央の力が増し、戦後復興も兼ねて大々的に開発が進んでいます」

だから、余計に交渉が進まないのかもしれない。

さらに、魔族の国の政権交代により、老練な政治家が交渉に出てこないというのもあった。

「焦る必要はありませんね」

「俺もそう思います」

こうして無事にパーティーは終わり、俺は辺境伯となったことを改めて実感したわけだが、ただやはり普段の生活になんら変化はなかった。

「お館《やかた》様、今日もスケジュールが詰まっておりますぞ。なにしろ辺境伯になられましたからね。中央では侯爵と同等の爵位であり、ますますお館様の責任は重くなったわけです。拙者も責任重大ですから今まで以上に頑張りますとも」

「……」

「(ヴェル、辺境伯になったらかえって待遇が悪くなってないか?)」

「(そんな気がしてきた……)」

エルの容赦ない指摘が、俺の繊細な心に突き刺さるな。

ローデリヒは仕事に生き甲斐《がい》を見出《みいだ》す人種だが、俺はそうではない。

もしかして俺は、辺境伯にならなかった方がよかったんじゃないのか?

しかしそれを拒否できない以上、そんな仮定をしても無意味だと悟り、俺は今日も魔法による土木工事を始めるのであった。

＊　＊　＊

「あれ?　魔王様、今日は学校では?」

「うむ、実は今日は学校の創立記念日でな」

俺は、魔族の学校にも創立記念日があるのかと思いつつ……あって当然かと納得もした。

「休みが多いですね。羨ましい……」

「魔族は学生の期間が長いからな。カリキュラムは非常に緩い。ライラが『ゆとり教育の弊害』と言っておったぞ」

「そうなのですか……(人間も魔族も同じような言葉を思いつくんだな……)」

アキツシマ島では、多くの重機と、耕運機、車両が忙しく働いていた。

操作をしているのは、魔王様が会長を務める会社の若い社員たちと、彼らから操作を学んだうちの家臣やアキツシマ人である。

やはり機械化の成果は大きく、地下遺跡の魔道具を全投入したバウマイスター辺境伯領本領よりも作業効率はよかった。

「それだけ長い期間教育して半分が無職だからな。実は問題がある制度なのかもしれないな」

「うっ！」

「会長、今は働いていますよ！」

「俺たちも結婚するのですから」

魔王様の言った『無職』という言葉に、重機の使い方をアキツシマ人の若者たちに教えていたモールたちが反応した。

気にしていないように見えて、実は長期間無職だったことを気にしていたようだ。

それにしてもこいつら、あっという間に重機の操作を覚えて人に教えるまでになっているのだから、優秀なのは確かなんだよな。

アーネストはああ見えてバカが嫌いなので、そうでなければモールたちをゼミに入れなかったはず。

「うちの法人では、若い社員を大量に採っているぞ。ちょっと教育して魔道具のオペレーター、整備員、教育係として使っている」

使用している魔道具も、すべてライラさんが仕入れた。

旧式のため捨て値で売られていたものや、粗大ゴミを修理したものが多い。

普通に使えて安いので、こちらでは大好評であったが。

「色々と疑問が……」

「余で答えられることなら答えよう」

「どうしてこんなに魔道具が余っているのですか？」

「簡単に言えば、過剰生産をしているからだ」

今動いている魔道具は、すべて旧式とされている。

それでも十分に使えるし、地下遺跡の品より性能が低いものもかなりあったが、普通に使う分には問題ない。

ツルハシとモッコで作業するよりも早いのは確実だ。

それに、今のリンガイア大陸では絶対に作れない品であった。

「魔道具はちゃんと手入れをすれば数百年、ものによっては数千年も保《も》つ。これはいいな」

「ええ」

『状態保存』の魔法があるし、コア部品を除けば現代日本の電化製品や工業製品よりも作りが単純なので、少し教育を受ければメンテナンスと修理ができるからだ。

コア部品が壊れれば駄目だが、それですら魔族の国は品質管理と生産性の向上で簡単に手に入った。

「なかなか壊れぬ魔道具。次々と作られる新製品。毎年いくつも新製品が出ておるが、前年の新製品となにが違うのかと疑念が拭《ぬぐ》えない。性能が上がっていないとは言わぬが、正直些細《ささい》な差じゃ。魔道具を新規で購入する者が減れば、企業が倒産し失業者が増える。それでは政府も困るので、少しでも古い魔道具は法律で使用禁止となった」

表向きは、耐用年数が過ぎたために危険だからという理由で。

実際には、魔道具の買い替えを法律で強制して企業の倒産や失業者の増加を防ごうとしているのだ。

「無理やり魔道具を購入させて、経済を保たせる。世知辛い話だな」

そのため毎年大量の魔道具が粗大ゴミとなり、これも環境保護の観点から処理に高額の費用がかかるようになった。

「粗大ゴミの違法投棄は社会問題化しておる。余たちが勝手に拾っても、ありがたがられることはあっても嫌がられることはない。我が社では、毎日ボランティアで粗大ゴミの片付けをしているぞ」

一見、無料奉仕のゴミ拾いだが、それを修理してこちらに売って儲《もう》けているという寸法だ。

「あと、無料の廃品回収も始めたぞ」

これも、ライラさんのアイデアだそうだ。

一般家庭から、法律で決められた耐用年数が過ぎた魔道具を格安の処理費用で引き取る。

これも修理して、うちに流しているわけだ。

「ただ、ライラが言っておったが、最近ライバルが増えたそうだ」

「えっ！　そうなんですか？」

こういうことをしているのは俺たちだけじゃない。

考えてみたら極当たり前の話であったが、俺は驚いてしまったのだ。

多少目端の利く人物で実行力があれば、魔族でこういう商売を始める者がいても不思議ではないのだから。

「特に帝国絡みの。噂《うわさ》では、帝国政府がダミーの商会を作り、そこと我が国の廃品業者が取引をしていると」

あのペーターならあり得ることだ。

表では魔道具ギルドと揉《も》めてグダグダしているように見せつつ、裏では中古魔道具を購入して開発に使用する。

なんなら他の貴族に貸してもいい。

そうすることで、帝国政府はさらに力を増すという寸法だ。

「魔道具ギルドはよく怒らないな」

「それは、バウマイスター辺境伯と同じであろう？」

初めは魔族の国から購入した魔道具はアキツシマ島内でしか使用していなかったが、どうしても不足気味なのでバウマイスター辺境伯領本領でも誤魔化して使っている。

そのうち魔道具ギルドも気がつくであろうが、もし文句を言われてもうちは魔族からゴミを買っているだけだと言い逃れをするつもりだ。

それと、王国の魔道具ギルドでは作れない品ばかりを購入している。

『魔道具ギルドの縄張りは侵していませんよ。というか、じゃああんたらが売ってくれるの？金はあるんだよ。あれば俺は買うよ』という論法で行く予定であり、ローデリヒも主導的な立場だ。

バウマイスター辺境伯領本領の開発すら終わっていない状況でアキツシマ島を抱え込んだのだから、当然人手が足りていない。

ならば機械化は急務であり、魔道具ギルドが供給してくれない以上は輸入するしか道はなかった。

「王国政府も、一番遅かったが動いたらしい。代理で粗大ゴミ集めをしている業者がいるそうだ」

誰も『お前、勝手に魔族と取引しているよな？』とは聞かないが、みんな考えることは同じというわけだ。

魔道具ギルドの圧力で表の交渉が上手《うま》くいかない以上、裏で魔族の魔道具を手に入れるしかない。

「法の裏を突く行為だけどね」

ハッキリ言って、ヘルムート王国もアーカート神聖帝国も法が非常に緩い。

俺でも簡単に穴を見つけられてしまう。

今まで外国が一つしかなかったため、俺が勝手に帝国政府や帝国貴族と貿易をしたら罰せられるが、想定していなかった魔族と取引をしても違法ではない。

魔道具の取引も、両国で力がある魔道具ギルドの圧力で交易交渉が進んでいないだけなのだ。

つまり、誰かが勝手に魔族から魔道具を購入しても違法ではない。

魔道具ギルドから文句を言われるかもしれないが、両国の法に触れているわけではないのだ。

ただし、俺は魔道具ギルドで購入可能な品はそこから購入していた。

魔族の国でしか生産していない品のみ購入し、魔道具ギルドからの抗議に備えている。

まだバレていないようで、彼らはなにも言ってこないけど。

「表の交渉は知らんが、これからこの裏技で人間と取引する魔族は増えるだろうな」

俺たちは商品を魔法の袋に入れた魔王様やモールたちを、俺が『瞬間移動』で迎えに行くという方法を取っている。

他の業者はその方法が使えないが、魔族は全員が優秀な魔法使いだ。

魔法の袋に商品を入れ、リンガイア大陸まで飛んでもいい。

成り上がりたい魔族なら、そのくらいのことはするはずだと魔王様は言う。

「余たちはバウマイスター辺境伯と知り合えて得だったな。でなければ、モールたちが魔法で飛行しなければならなかった」

「えっ？　俺たちがですか？」

「せめて船を使わせてください！」

「いや、遭難しそうだからそれもちょっと」

さすがのモールたちも、遭難覚悟で両国を船で移動するつもりはないようだ。

彼らとの最初の出会いも、手作りの筏《いかだ》で遭難しているところを救出したというものだったから懲りたのであろう。

結婚もするのだから、二度とそういう無茶はしたくないはず。

「古い魔導飛行船を購入している者もいると聞く。個人や零細企業が、リンガイア大陸との交易を目論《もくろ》んでいるのであろう」

政府間の交渉が暗礁に乗り上げたため、人間も魔族も勝手に動く者が増えた。

俺は先に動いていたし、帝国と王国、両国の目敏《めざと》い貴族も動いている。

魔族にも人間との交易で一旗あげようという者が、懸命に粗大ゴミを集めているわけだ。

「船も買えるのですか？」

「木造の船なら安いぞ」

現在魔族の国では、警備隊が使用しているような金属製の魔導飛行船が主流だそうだ。

古い木造の魔導飛行船は維持に手間とコストがかかり、例の魔道具の耐用年数制限にも引っかかるため、運行もできず野ざらしで放置されている船が多いと魔王様が言う。

「欲しいか？　バウマイスター辺境伯」

「あるだけ欲しいです」

魔導飛行船なんてそう手に入るものではないのだから、欲しいに決まっている。

「ライラのことだからもう集めていると思うが、念のために伝えておこう」

モールたちや派遣した若い指導員たちの様子を見た魔王様は、俺の『瞬間移動』で農村へと戻っていった。


そして一週間後。

バウマイスター辺境伯領本領にある広大な平地に、数百隻にも及ぶ中小型の魔導飛行船が並んでいた。

「もの凄《すご》い数ですね……」

「これでもまだ一部です。我が社は、この十倍の数を確保しております」

「ライラは優秀だからな」

「そうなんですか……」

今日はトップセールスなので、ライラさんも顔を見せていた。

「ただ一つ残念なのは、かなりの数の大型船を他の業者に取られてしまったことですね。それでも、ある程度は確保しましたが……」

「大型船は買わないよ。取引先の紹介はできるけど」

「大型船はいかんのか？」

魔王様が、『なぜ？』という表情を俺に向けた。

「ええ、大型船は王国政府しか持てないのです。多分、大型船を押さえたのは……」

「両国の政府が作ったダミー商会ですね……」

ローデリヒが、俺の代わりに答えてくれた。

彼の集めた情報によると、帝国はペーターが、王国も目立たない特性を利用して王太子殿下が魔族から特殊な魔道具などを購入していた。

ダミー商会を作ったのは、いまだ正式な交易交渉が継続中だからなのと、魔道具ギルド対策でもあると思われる。

もっともすでに公然の秘密と化しており、魔道具ギルドが文句を言ってきてもおかしくない。

会長の死で魔道具ギルドは揉めているから、それどころではないかもしれないけど。

「貴族の大型船所有禁止は、れっきとした王国の法だから破るわけにはいかない。中小型の船は買う。だけどかなりヤバイ船が多いような……」

多分、粗大ゴミ扱いで野ざらしにされていた船が多いのであろう。

このまま飛ばすと空中分解しそうな船も半分くらいあった。

「その分格安ですから」

「まあいいや。安いから」

魔族の国の旧式船は木造で、リンガイア大陸の魔導飛行船とデザインもよく似ている。

旧式扱いでゴミにされたのであろうが、船体の修理なら人間の職人でも十分に可能だ。

船の待機場と修理工房を領内にいくつか作り、修理と船員の教育を終えた船から順番に運用していこう。

アキツシマ島を含む南方航路は、サーペントの完全駆逐が難しいと判断され、魔導飛行船の数を増やす必要があったからだ。

広大な領内の移動と輸送、ブライヒブルクをはじめとする他の貴族領との交通と交易にも使える。

船はいくらあっても困らない。

「大型船を買ってくれる人に連絡してみます」

俺は魔導携帯通信機で、王太子殿下に連絡を取った。

『おおっ！　我が友ヴェンデリンか！』

「そこでなぜ、あえてバウマイスター辺境伯の友であることを強調するのだ？」

魔王様、それは言わないであげて。

『それで、なにか遊びの誘いか？　私なら、いつでもスケジュールを変更して対応するぞ！』

「必死だな……」

魔王様、それ以上は……。

可哀想《かわいそう》すぎて俺も泣けてくるから。

たとえ、王太子殿下には聞こえなくても。

「実は、ちょっと商談が……」

俺は、大型魔導飛行船の在庫があるという話を王太子殿下に振る。

すると、彼は途端に真面目な口調に変化した。

『私が頼んでいる者たちが、かなりの部分を押さえられてしまったと報告していたが、ペーター殿の他にヴェンデリンも動いていたとはね』

王国からすれば、俺が密《ひそ》かに魔族と取引していることなどとっくにわかっていたはずだ。

武器やヤバイ薬などを仕入れれば処罰されるが、自国にない魔道具ならばお互い様なのだ。

俺が一番早く動いたのは事実だが、両国政府や他の貴族もすでに魔族との取引はしていた。

そこを突っ込む意味はない。

「うちで頼んでいた業者が、貴族は大型船を持てないという法を知らなかったのです。そこで、王太子殿下にご紹介をと思いまして」

バウマイスター辺境伯家は、禁止されている大型魔導飛行船を所持する意図はない、これは、王太子殿下にはっきりと言っておかなければいけない。

『全部買おう。状態は問わない。この件では、ペーター殿が先行していてね。私は父に怒られてしまったんだ』

移動と輸送にも使えるとあって、両国は大型の魔導飛行船の所有に執着していた。

昔の地球のように、各国が戦艦の数を競うみたいなものだ。

つい最近までは王国が圧倒的に有利だったのだが、帝国が魔族の国から古い船を購入してその差を埋めてしまった。

さすがは、あの内乱で勝ち残っただけのことはある。

ペーターの決断の速さには驚かされる。

それにしても、交渉がグダグダで困っているように見えたのに、裏ではちゃんと動いているとは。

陛下も王太子殿下も油断ならない。

「仲介料等は必要ありませんので」

『それはありがたいね』

一番早く魔族と取引を始めた件で責められるのも嫌なので、ここで王太子殿下に恩を売っておこう。

などと考えるようになってしまった俺は、進歩したのか？

それとも、完全にミイラ取りがミイラになってしまったのか？

判断が難しいところだ。

『では、詳しい話はあとで』

「わかりました」

魔導携帯通信機を切ってから、俺はライラさんに大型船は王太子殿下と取引してほしいと伝える。

「ありがとうございます」

いえいえ、これで恩を感じてくれたらいいのです。

王太子殿下という新しい取引先を紹介してくれた、と。

「政府間の正式な交易条約が存在しない以上、これは私貿易、密貿易の類《たぐい》になります。違法ではありませんが、トラブルに関してはお上《かみ》が保証してくれません。これから参入する人間も増えるでしょうが、間違いなく騙される者たちも出てくるでしょう」

もう騙されている人がいるかもしれない。

人間が一方的に騙されるだけでなく、魔族でも騙される者が出てくるであろう。

武器や違法薬物の取引、人身売買などを始めたら、さすがに両国政府も黙っていない。

自由だからこそ、己を律する必要があるのだ。

「その点、バウマイスター辺境伯殿はいいお得意様です。王太子殿下もそうであると信じたいですね」

と言いながら、クールな微笑《ほほえ》みを向けるライラさん。

もし魔族の国で王政が続いていたら、彼女は宰相だったかもしれない人だ。

その優秀さは、会社の経営で如何《いかん》なく発揮されている。

ただ、なかなかいい男性と知り合えないのが大きな悩みだそうだが。

最初はモールたちがちょっかいをかけていたが、脈がないと見るとすぐ同じ会社の若い女性魔族に標的を変えてしまったらしい。

それですぐに婚約できるのだから、モールたちも実はコミュ力があるのかもしれない。

「ライラ」

「はい、陛下。なにかご懸念でも?」

「中古魔道具の取引だけでは、我々の会社も先細りでは?」

確かにそれはそうだ。

今ある粗大ゴミと古い魔道具がすべてなくなれば、今度は一年ごとに魔族の国で使えなくなる魔道具を集めて売るしかなくなる。

こうも参入業者が増えると、ライラさんでも買い負ける可能性があるのだ。

「そこで、こちらもバウマイスター辺境伯領から購入したいものがあります」

「うちから購入して、魔族の国で金になるものなんてあるの？」

鉱物、食料くらいしか思いつかない。

これを取引するには、正式な交易条約締結を待った方がいいであろう。

「勿論、ありますよ」

それは、魔物の素材だそうだ。

「我が国の魔物の領域は、なにしろ一つの島の中だけなので生息する魔物の種類が少ないのです。それを狩っても、作れるものが少ないわけです」

たとえば魔族の衣服は、大半が大規模農場と牧場で生産される繊維や毛を加工したものであった。

一部狩猟で得た魔物の素材を原料とした服もあるが、これは高額で生産量も少なかった。

「我々の国は人間の国よりも人件費が高く、わざわざ狩猟をして得た材料で服を作ると高くつきます。高級なうえに嗜好《しこう》品なので、購入できる者は少ないのです」

「それは、こちらで獲《と》れる魔物の素材でも同じでは？」

「いえ、魔族の国にいない魔物が非常に多く、これを用いて作られた衣服と装飾品なら富裕層向けに一定の需要があるはずです」

「加工技術については？」

「魔族の国は、ある程度の品質の服を大量生産する技術には長《た》けておりますが、プロの職人による裁縫、縫製技術では人間の国とそれほど差はないと思いますよ。王国は人件費が割安なので、値段を少し下げ、中間層よりも少し上の人たちに購入してもらう手もあります」

「となると……。あの人か……」

「バウマイスター辺境伯様は、知己が多いのですね」

俺はライラさんと始める新しい事業を任せられそうな人物を思いつき、すぐにその人物と連絡を取ることにした。

＊　＊　＊

「はぁ――――い、みなさん、お元気？」

「……」

「あれ？　ロンちゃんもいるの？　ロンちゃん、あまりお洋服に興味ないじゃない。新人冒険者の時あまりにファッションセンスが酷《ひど》かったから、私が何着か買ってあげたわね。懐かしいわ」

「あの時は、とてもお世話になったのである……」

その人物とは、導師には不都合があるかもしれないが、キャンディーさんであった。

この人は、服のデザインから、縫製、営業、販売となんでもこなせるので、ライラさんのお眼鏡に適《かな》う人物のはずだ。

過去の弱みを色々と握られている導師からすれば、勘弁してほしいのかもしれないが……しかしキャンディーさんをもってしても、導師のファッションセンスの改善は難しかったようだ。

「最初は少量生産で、好評なら人を増やしましょう。私、ツテがあるの」

キャンディーさんはこう見えて顔も広いので、それもあって衣服の生産を依頼したのだ。

「ねえ、魔族ってどういうデザインが好きなのかしら？」

「これが、我が国で一番売れているファッション雑誌です」

「そんなものがあるなんて、魔族の国って便利ね」

キャンディーさんは、興味深そうにファッション雑誌のページをめくる。

「でもぉ、あまり人間と変わらないのね。機能的なお洋服が多いみたいだけど……」

魔族の国のファッションは、現代日本とよく似ていると思う。

毎年流行色が決まり、季節ごとにも細かな流行がある。

ただ、ファッションに手間をかけない人も意外と多く、カジュアルな服装や、新聞記者であるルミのようにツナギモドキの服を着ている者もいる。

あれは仕事をする人の共通した作業着の扱いで、面倒な人は私服にまで流用していた。

勿論、事務職の人はスーツ姿であったが、これもお休みの時にはノーネクタイにして使い回す人も多かった。

「事務の仕事でも薄給の人は多いですからね。私も前は事務職のアルバイトをしていましたが、給料は低かったですよ」

ライラさんは、魔族の国のファッション事情を説明した。

「そのため、大半の人は格安の服を購入します。大手企業が量産している服です。富裕層やファッションが趣味といった人向けに高級ブランドがあるわけです」

「だから私たちが品質を落とさず、魔族の国にはない素材で服を作り、高級ブランドよりも少し安く売る。こちらは品質が劣っているわけじゃないし、手縫いの良さもあるわ。今まで最高級品を一着で済ませていた人が、そのお金で二〜三着買ってくれるかもしれないから」

「中古ですが、ミシンも安く提供できますよ」

「う――――ん。魔道具ギルドがうるさいから今は遠慮しておくわ」

実は、リンガイア大陸にもミシンはある。

性能は低いが、手で縫うよりは圧倒的に早い。

キャンディーさんも数台所持しており、もっと欲しいと魔道具ギルドに問い合わせたが、生産が間に合わないと断られてしまったそうだ。

「売ってくれないのに、魔族の国からの輸入を阻止しようとしているのよ。本当、嫌な連中」

キャンディーさんは、魔道具ギルドの連中が嫌いなようだ。

「魔族の国から定期的に魔道具が入ってきたら、あいつら全員失業ですから」

「それもそうね」

値段、性能、故障率。

他にも、リンガイア大陸の魔道具で魔族の国の魔道具に勝てる部分は少ない。

今の時点だと、魔道具ギルドの政治力が侮れないだけだ。

「今、あそこはにっちもさっちもいっていないけどね。力のある会長が死んじゃったから」

「前に葬儀に出ましたけど、まだ後継者争いをしているのですか？」

「そうよ。こんな時にバカみたいでしょう？」

次の会長の座を巡って、魔道具ギルド内では激しい後継者争いが起こっていた。

これでは交渉なんてできるはずがないが、彼らもバカじゃないから王国政府が魔族の国から魔道具を輸入しないように政治的な圧力をかけ続けている。

後継者争いの余波で生産力も落ちており、魔道具ギルドの閉鎖性が王都でも問題になりつつあった。

「うちは粗大ゴミを輸入しているけど」

「王都でも、『魔導四輪』っていう馬がなくても動く車両が軍で採用されたみたい。あれ、魔族の国からの輸入品なのね」

うちばかりか、他の貴族も、両国政府も、実は魔道具を輸入しているからね。

どれもこれも魔族の国では廃車の修理品か、廃車予定の中古品だけど、魔道具ギルドでは作れない品ばかりだから仕方がない。

「バウマイスター辺境伯様は、古代魔法文明時代の発掘品を相当数魔道具ギルドに販売したって聞いたわよ」

「耳がいいですね、キャンディーさんは」

「元冒険者だからね」

その中には当然、重機や車両も入っている。

自分たちで作れるように研究素材として購入したのだろうが、いまだに試作に成功したという話はない。

多分、まったく見通しが立っていないのであろう。

「だからさ。『魔道具ギルドで生産の目途が立っているのなら見せろ』と言われると困るから、彼らが作れない魔道具の輸入は黙認しているわけだ」

作れませんなんて、プライドが高い魔道具ギルドの上層部は口が裂けても言えないのであろう。

成果がないのは、帝国の魔道具ギルドも同じ。

内乱でニュルンベルク公爵が発掘した品を大量に手に入れているはずだが、まだなんの成果もあがっていないようだ。

だから共に、魔族の国から魔道具を輸入する件に断固反対しているわけだ。

「プライドでご飯は食べられないのにね」

「キャンディーさんの意見に賛同します」

ライラさんは、心が乙女なキャンディーさんにあまり抵抗がないらしい。

魔族の国では、特に珍しくもないのか？

現代地球みたいに、そういう人たちの権利が認められているのかもしれない。

「嗜好品なら少量ずつ生産した方がいいわね。大量生産しても意味がないから」

「ご理解いただけてよかった」

ライラさんは、キャンディーさんをいい商売相手だと思ったようだ。

「王都のお店は私の知り合いの娘に任せて、バウルブルクに洋裁工房を作りましょう」

俺とキャンディーさんは半分ずつ出資し、オーダーメイド服の工房を作ることにした。

服だけでなく、工芸品、芸術品、アクセサリーなど、魔族の国で売れそうな品を作れそうな職人も集めて作業場を併設する。

規模は小さく生産量も少ないが、元々大量生産品と張り合う種類のものじゃない。

この程度で十分であろう。


「魔族の国での販売は、我々の領分ですから。珍しい希少なものなら売れる可能性が高いので、これからも商品を模索していきます」

こうして、魔王様とライラさんの会社に小規模貿易という業務が加わった。

規模を大きくしないのは、お上に警戒心を抱かせないためでもある。

「従来どおり古い魔道具も集めています。放棄地域には、運ぶのが面倒だと捨てられた魔道具も多いので、これを修理、掃除して売れば……うふふ……」

「よっぽど儲かるのね」

不気味に微笑むライラさんを見ても、キャンディーさんは冷静なままであった。

「陛下を頂点とする会社の規模が大きくなっていき、お金も貯《た》まってきました。将来への展望が持てるのはいいことです」

若干方法が胡乱《うろん》だが、俺も利用しているし、極論すれば粗大ゴミを転売しているだけだからな。

それに、今ライラさんと同じようなことを考えている魔族は多く、取引を望む人間も多い。

お上の交渉締結を待っていたら旨《うま》みがなくなるので、バウマイスター辺境伯としては素早く動く必要があるのだ。

ライラさんも、魔王様に人材と財力を揃《そろ》えてあげるいい機会だと思っているのであろう。

「商品が出来上がったら、買い取りに参ります」

「作っておくわね。もっと知り合いに声をかけようかしら？」

こうしてキャンディーさんは、バウルブルクに作られた魔族向けの服を作る洋裁工房と、その他の品を生産する工房、いくつか併設した設備の責任者となった。

これから、魔族との関係がどうなっていくのか？

まだわからない部分も多いが、上が停滞していても下は対策を立てて抜け道を通るものなのだ。

＊　＊　＊

「ロンちゃん、たまには違う服を着なさいよ。ロンちゃんも、もう四十歳を超えたでしょう？　こういう落ち着いた服もいいと思うの。きっと奥さんたちも惚《ほ》れ直すわよ」

「ありがたいのである……」

「あらぁ、いい感じね」


無事契約が纏《まと》まると、キャンディーさんは導師に大人の男性が着るような落ち着いた服を勧め、強引に試着させていた。

試作品なのか、わざわざ導師のために用意していたのか。

普段の導師なら絶対に試着になんて応じないであろうが、彼にとってキャンディーさんは天敵に近い存在なのかもしれない。

借りてきた猫のように、大人しく試着させられている。

「ロンちゃんが十八歳の時、こういう洒落《しゃれ》た服装でデートに行けば、踊り子のサーシャさんにフラれないで済んだのにね」

「その話は、皆の前では……」

「あとぉ、南町のカフェの看板娘だった子。この前会ったら、もう四人の子供のお母さんだって。月日が経《た》つのは早いわねぇ。ロンちゃん、遠いお店なのに毎日熱心に通ってね」

「勘弁してほしいのである……」

導師は、キャンディーさんに色々と弱みを握られているようだ。

今度、なにかいいネタを教えてもらおうと思う。

第九話　やはり、俺の嫁は増える運命にあるらしい

「今日は、ご招待にあずかり感謝するぞ。それにしても、バウマイスター辺境伯は凄《すご》いな」

「なにが凄いのですか？」

「プライベートビーチを持つ者など、魔族にはそういないからな」


バウマイスター辺境伯家と魔王様が会長を務める会社との取引が増えていき、今日は魔王様、ライラさん、モールたちを招待していつものプライベートビーチに来ていた。

エリーゼたちもいて、みんなで海で泳いだり、バーベキューをしたり、ビーチバレーをして遊んだりしている。

魔王様はピンク色のワンピースタイプの水着を着ており、とても可愛《かわい》らしく見えた。

少なくとも、魔王様というイメージはない。

それでも彼女は、俺が今までに出会ったどの魔法使いよりも魔力量がダントツに多い人物であった。

ただ、彼女が魔法を使っているところは見たことがない。

もしかすると、魔法が使えないとか？

それはないと思うが、魔族の国では使う機会がないのかもしれない。

「どうかしたのか？　バウマイスター辺境伯」

「陛下は、魔法を使わないのですか？」

「使わなくもないが、普段は魔道具で事足りてしまうからな。王家に代々伝わる魔法というものもあり、これはたまにライラと練習しておるぞ」

「いかに権力をなくした陛下とはいえ、伝統の王族魔法の修練は必須ですので」

紫色のビキニを着たスタイル抜群のライラさんが、魔王様に続けて事情を説明した。

「その魔法って、本かなにかで伝わっているのですか？」

魔法のことなので興味を持ったカタリーナが、ライラさんに質問した。

「はい、数少ない王家に残された家宝ですね」

「貴重なものなのですね」

「いえ、写本は本屋で売られております。本物を所持していますが、文化的な価値はともかく資産的な価値はそれほどでも……ちょっとした古文書扱いですね」

せっかく王家に残った秘蔵の魔法書ですら、魔族の国ではさほどの価値もないのか。

なんか切なくなってきた。

「そもそも王家の魔法は習得できる者が少ないうえに、積極的に覚えようとする者もおりません。今の魔族の社会では役に立ちませんし。無職の暇人くらいでしょうか？」

「「「ギクッ！」」」

ライラさんの指摘に、モールたちが反応した。

もしかして、無職時代に王家の魔法を覚えたのであろうか？

「バウマイスター辺境伯、俺たちの魔力量じゃあ王家の魔法は無理だったよ！」

モールたちの魔力は中級レベルしかなく、特殊な王族魔法は使えないそうだ。

「どんな魔法なんだ？」

「魔王様が使う魔法だから、敵軍を大爆発で吹き飛ばすとかだね」

「『王族魔法』って名がついているけど、ようするにただの広域殲滅《せんめつ》魔法だから」

ラムルとサイラスの説明を聞くと、確かに今の魔族の国では需要がないかもしれない。

そんな魔法を、人がいる場所で使われたら迷惑なのは確実だ。

迷惑扱いくらいならいいが、最悪テロリスト扱いで捕まるかもしれない。

「王族魔法とは、ここぞという時に使うもの。普段より鍛錬は欠かさず、万が一必要な時には躊躇《ためら》わず使うものだ」

「陛下、立派なお覚悟です」

魔王様は、そのあまりない胸を張りながら魔王としての決意を述べ、ライラさんが一人感動していた。

リンガイア大陸基準だと美しい君臣の図というやつだが、魔族には時代錯誤な考えなんだろうなと思う。

「とはいえ、今の世では必要ないがな。余もその子供も覚えるだけで終わるであろう」

「町中でぶっ放せば、捕まりますからね」

もし町中で使ったら、器物破損と殺人で間違いなく刑務所送りであろう。

それは俺にもわかる。

「バウマイスター辺境伯は覚える必要はないと思うな」

「高威力の魔法なら、もう使えるからですか？」

「そうだ。ただ桁外れに威力があるだけで、基礎はバウマイスター辺境伯たち上級魔法使いが使う大規模魔法と大差ないぞ」

「なるほど。して、陛下はもう魔力の成長が止まったのであるな？」

同じく海水浴に参加しているアーネストが、魔王様の魔力量について問い質《ただ》す。

彼は、シマシマ図柄で膝と肘まで布地に覆われた水着を着ていた。

「いや、まだ余は幼いからな。それに余は、歴代の魔王の中では魔力が多い方らしい。現時点で、すでに過去の魔王たちの平均を抜いておるぞ」

「それは凄いのであるな」

「アーネスト教授、そなたもなかなかの魔力量だな」

「研究にはあまり役に立たなかったのであるな。この大陸に渡った時くらいであるな、魔力の多さをありがたいと思ったのは、であるな」

その割には、ニュルンベルク公爵に協力していたじゃないか。

あの、魔法を阻害する装置を動かして。

こう見えて、魔族の国でも三本の指に入る魔力量を持つ人物だが、本人は本気で魔法なんてあまり役に立たないと思っているから凄い。

「でも、ヴェルよりも魔力がある人って凄いね」

「凄いのである！」

ルイーゼと導師は、アーネストと魔王様の魔力量に驚いていた。

導師の魔力量は、俺よりも少し少ないくらいだ。

ただ、四十歳を超えた今も成長し続けているため、彼はかなり特殊な部類に入ると思う。

「ふと思ったのですが、バウマイスター辺境伯様は器合わせはしないのですか？」

「アーネストとは嫌」

なぜ嫌なのかと問われたら、これは精神的な理由からであろう。

それに俺なら、もう数年でアーネストの魔力は超えられるだろうから。

「某《それがし》も嫌である！」

あの導師ですら、アーネストとの器合わせを嫌がっているからな。

これは理屈じゃなく、感情の問題であろう。

「なら、余とするか？」

「それもどうかと思いますよ」

「なぜじゃ？　古《いにしえ》の魔族は、魔力こそが富と権力の源であった。自分よりも魔力が多い魔族がいれば、時に頭を下げてでも器合わせを頼んだと古文書に書いてあるぞ」

それ、もし敵対している魔族でも頼んだのであろうか？

人間よりは、気楽に器合わせをしていたような言い方だ。

「人間の世界には風習がありまして……」

俺は、男女の関係にあるか親族でもなければ、異性間で器合わせはしないのだと魔王様に説明した。

「お互い、文化や慣習は尊重すべきだな。なら、アーネストと器合わせは……」

「嫌です！」

「嫌なのである！」

俺と導師は、アーネストとの器合わせを断固拒否した。

「アーネスト教授は不人気だな」

「我が輩、真の研究の道を歩んできただけであるな」

勿論《もちろん》それだけのわけがなく、内乱の最後では色々と大変な目に遭わされた。それも器合わせを拒否する理由の一つである。

とにかく、アーネストと器合わせをするのが嫌だった。

「嫌なら仕方があるまい。余はビーチバレーをして遊ぶぞ。フジコ、ルル、フィリーネ！」

「おう！」

「は――――い」

「チーム分けをしましょう」

今回の海水浴には、藤子《フジコ》、ルル、フィリーネなども招待していた。

子供組である三人は、魔王様と一緒にビーチバレーで遊んでいる。

「ヴェンデリン様、新しい水着をありがとうございます」

「でも、ブライヒレーダー辺境伯には見せないでね」

「はい」

フィリーネにもライトグリーンのワンピースタイプの水着をプレゼントしたが、これでもまだこの世界基準では布地が少ない過激な水着扱いであった。

プライヒレーダー辺境伯に見せると怒られるかもしれないので、このプライベートビーチだけで着てくれとお願いした。

「よ――し、いくぞ。必殺魔王サーブ！」

魔王様と藤子、ルルとフィリーネのチームに分かれ、ビーチバレーは始まった。

魔王様が、最初のサーブを打つ。

技名は怖いが魔力が込もっていない普通のサーブで、ルルが簡単にレシーブし、フィリーネがアタックを放った。

そして、それを再びレシーブする藤子。

四人とも、かなり運動神経はよかった。

「砂浜は動きにくいな。ルルはそうでもないか」

「ずっと砂浜の上で生活していたから。でも、バレーボールというスポーツは初めてです」

ルルが住んでいた村は砂浜の上にあったため、彼女は砂浜での動きを苦にしていなかった。

サーペントが出現すると急ぎ迎撃に駆けつけなければいけなかったので、自然と足腰が鍛えられたのであろう。

さすがは南国娘である。

彼女の今日の水着はフリフリのついた水色のワンピース型で、これはキャンディーさんの作品であった。

「そうなのか。我らの国では、様々なスポーツがあるからな」

「戦はせぬのか？」

「フジコ、お前は修羅の国の住民か？」

「魔族と聞いたから、常に戦っているものだと思ったのだ」

藤子が実家で読んだことがある書物では、魔族とは常に誰が王となるか、戦うことで決めていたという風に書かれていたそうだ。

「フジコ、そんな魔族は数万年も昔の魔族だけだぞ」

一体いつの時代の話だと魔王様が呆《あき》れたその隙《すき》に、彼女の死角にポトンとボールが落下した。

「隙あり！　フェイントトスです」

「ぬぁ――――！　ずるいぞ！　フィリーネ！　伊達家秘伝の『さあぶ』！」

「えいっ！」

「やるな！　ルルも！」

子供組四人は、話をしながら楽しそうにビーチバレーに興じていた。

子供組以外は、ライラさんは日頃の疲れを癒《いや》すべくチェアーに寝転がってトロピカルジュースを飲み、アーネストはこんな時でも探索した地下遺跡のレポート執筆を、モールたちはバーベキューの火の番をしていた。

「先生、お肉が焼き上がりましたよ」

「お魚もですよ」

「エビや貝も美味《おい》しそうですね」

キャンディーさん制作の水着を着たアグネス、シンディ、ベッティの三人は、俺に対し積極的に焼き上がった肉などを勧めた。

このプライベートビーチに招待され、バウマイスター辺境伯家独自の水着をプレゼントされたということは、つまりはそういうことだ。

三人は領地の開発に貢献大という理由でローデリヒにせっつかれ、正式にバウマイスター辺境伯家に嫁ぐこととなった。

アグネス以外は成人してからだが、もう決定ということでバウルブルクには眼鏡店と生花店、レストランの支店ができている。

領内にもう数店舗、アキツシマ島《トウ》にもそれぞれ支店ができる予定で、これら支店網の責任者が三人であった。

勿論、直接お店の経営に関わっている時間はないので、ルイーゼやイーナと同じくお飾りの責任者というわけだ。

早速、彼女たちの親族や、実家のお店で長年働いているベテラン従業員が実務を取り仕切っていた。

「先生、魔の森で活動する冒険者にサングラスがよく売れているそうです。ここは日差しが強いですから。漁師で購入する人もいますし、アキツシマ島では眼鏡自体が珍しいそうで」

「そう言われると、アキツシマ島の人間で眼鏡をかけた人はいないか」

戦国時代風の島だったので、眼鏡は珍しいのかもしれない。

「お花もよく売れているそうです。あの島の人たちは、ミズホ人と同じく『生け花』というものをするそうなので」

シンディがオーナーである生花店も好調だそうだ。

ミズホ人もそうだが、生け花に使える島外の珍しい花を購入してくれるそうだ。

逆に、ミズホ公爵領とアキツシマ島の珍しい花も王国ではよく売れている。

輸出向けに、種や苗を栽培する農家が増えたそうだ。

貴族の女性にはガーデニングが趣味の人が多いので、ミズホ、アキツシマ産の花の種や苗もよく売れていた。

「うちも支店を増やしていますよ。お兄さんが関わると失敗するから、全部ローザさんがやっています」

「それなら安心だな」

元々飲食店は、やりようによっては経費が軽く済む商売だ。

日本人に似ているミズホ人とアキツシマ人――同じ民族だけど、どうも関係があまりよくないようで、分けて呼ばないと機嫌が悪くなる――は、外国の料理に興味があるようで、ベッティの義姉ローザさんが、ミズホとアキツシマ島に飲食店を何店舗か開いていた。

なお、ベッティの兄は料理の開発と本店の現場のみを任されている。

彼が経営に加わると、ろくな結果にならないと思われているからだ。

実は俺もそう思っているけど。

「先生ももうすぐ結婚式で大変ですね」

「向こうの流儀に従うからな」

魔法使い三人娘に加えて、バウマイスター辺境伯領になったアキツシマ島統治安定のため、俺は涼子《リョウコ》、雪《ユキ》、唯《ユイ》の三名とも結婚することになった。

島一番の名族秋津洲《アキツシマ》家の令嬢にして当主である涼子との間に子供を作り、その子を次の秋津洲家当主にする。

同じく、統治の実務を取り仕切る細川《ホソカワ》家の当主雪、有力な重臣となった松永《マツナガ》家の一人娘唯ともだ。

今、ルルと共にうちで預かっている伊達家の藤子も成人すればと、ローデリヒが言っていた。

『もうちょっと減らせないか？』とローデリヒに言ったら、『むしろ減らしています』と言われてしまった。

『アキツシマ島の元領主家のほぼすべてが、お館《やかた》様に妻を差し出すと言っていたのです。拙者がなんとかここまで減らしたのですよ。その代わりフリードリヒ様以降は、彼らの要求をある程度受け入れないといけませんが……』

アキツシマ島の統治が安定しなければ、将来バウマイスター辺境伯家が潰《つぶ》れてしまうかもしれない。

そのための婚姻なら致し方なしというわけだ。

もっとも、ローデリヒのことだ。

島の統治に貢献した家に優先的に婚姻を斡旋《あっせん》し、バウマイスター辺境伯家の優位を決定づけようとしているのであろうが。

ローデリヒも、最近は一国の宰相かと思うほど老練になってきたな。

『とにかく、今あげた三名は外せません。下手をすると反乱ですので』

次世代以降の島のトップには、上位統治者であるバウマイスター辺境伯の血縁者を当てるというわけだ。

完全な政略結婚なのだが、これは大貴族の義務だとローデリヒは言っていた。

「お主も大変よな」

「テレーゼは逆でよかったな」

「そうよな。だから言ったであろう？　ヴェンデリンよ。王族や大貴族という地位は義務でしかないのだと。たとえ能力があっても、その義務のせいでおかしくなる者がいる。マックスのようにな。ヴェンデリンは潰れてくれるなよ」

「安心しろ。そこまでやる気はないから」

ニュルンベルク公爵みたいに、それならば自分の思うとおりにやってやると反乱まで起こすのはどうかと思う。

俺は神輿《みこし》だけのバカ領主でもいいと思っているのだから。

「幸いにして、ヴェンデリンにはローデリヒがおるからの。あの男は、帝国でも宰相の器であろうな。お主は暴君になる資質もないから、鷹揚《おうよう》に構えておればいい」

「そうしないと、俺には手に負えないよ。もうバウマイスター辺境伯領は小国みたいなものだからな」

将来的には、ブライヒレーダー辺境伯領、ブロワ辺境伯領、ホールミア辺境伯領を抜く大貴族となるはず。

王国との関係も重要であるし、ここに帝国やミズホ公爵領なども加わってくる。

うん、外交とか俺にはよくわからん。

ローデリヒに丸投げしておくか。

「して、結婚式にはあまり人を呼ばぬと聞くが」

「だって、教会では式を挙げないもの」

近年凋落《ちょうらく》気味だったとはいえ、秋津洲家自体が神官の家系なのだから。

神道に似た宗教のため、教会式の結婚式など挙げたら島内で大きな反発が起こるのは必至だ。

だから、完全にアキツシマ形式で結婚式を挙げてしまう予定だ。

今、松永久秀《ヒサヒデ》が懸命に準備をしている。

結婚式も島内で行い、招待客も限られた者だけになるであろう。

「そういう事情ですので、お爺《じい》様も出席しません」

「そうなのか。ホーエンハイム枢機卿が異教徒の結婚式に出るわけにいかぬか」

「それもありますが、出席してしまえば改宗を迫らねばいけない立場にありますので」

アキツシマ島の住民たちからの反発は必至であろう。

それがわかるから、教会関係者の出席はゼロであった。

「あくまでも、バウマイスター辺境伯家内のことだというのが口実です」

「それが一番賢いかの」

テレーゼとエリーゼによる話は続く。

「王太子殿下はいらっしゃいますが」

「……あの殿下、本当にヴェンデリンが好きなのじゃな」

あれほど嫌われる要素が皆無なのに、友人がいないという人も珍しいと思う。

今回の婚姻については、バウマイスター辺境伯としてアキツシマ島統治の安定化のためだと、陛下と王太子殿下に事前に説明している。

王家としてはまったく異論なし。

なぜなら、王家空軍が送り出した先遣偵察隊が、アキツシマ島より三百キロほど南下したところに、無人の大陸を発見したからだ。

東で探索をしていたリンガイアも、多くの島や陸地を見つけている。

大陸には魔物の領域も多く、いまだその全容もわかっていないが、王国の方針は決まった。

面倒臭い異民族はバウマイスター辺境伯家に任せ、王国は新しい未開地の占領と開発をした方がいいと。

「本来であれば、王太子殿下が涼子たちと婚姻をして島を統治しなければならない。それをヴェンデリンが代わってくれたような結果になったからの。感謝して当然であろう」

王国としては、バウマイスター辺境伯家が安定させたアキツシマ島から利益のみ受け取れるというわけだ。

王太子殿下が式に参加するのも当たり前か。

「あとは、ブライヒレーダー辺境伯様とブロワ辺境伯様ですね」

共に、これからも緊密な関係強化が必要な相手だ。

ホールミア辺境伯家は今、魔族関連の仕事で忙しく、特に親しいわけでもないので招待しなかった。

「変わった形式の結婚式らしいから、余も将来に備えて見学しておこう」

実は、魔王様たちも出席する予定であり、ライラさんと共に王太子殿下、ブライヒレーダー辺境伯、ブロワ辺境伯との顔合わせをする席でもあった。

新しい大陸が見つかった以上、王国の膨張は暫《しばら》く続く。

いまだ魔族との交易交渉は進んでいないが、すでにリンガイア大陸の魔道具職人が作れない魔道具の私貿易は公然の秘密となっていた。

王国としては、将来的には魔銃、魔砲なども手に入れて研究したいようだが、これらの品はライラさんたちを使った私貿易経由では入手できない。

魔族の国では、非常に管理が厳重なものだからだ。

ライラさんも、逮捕される危険を冒してまで武器は密輸しないであろう。

そんなことをしなくても、廃棄および中古の車両と船、修理した粗大ゴミの売却で十分に儲《もう》かるのだから。

「三人の大物は、車両と船が目的ですか」

「造れないからね」

俺も、地下倉庫から出た車両を魔道具ギルドに販売したりしたんだが、どうも研究が上手《うま》くいっていないらしい。

技術の進歩がそう簡単に進むはずがないから、こればかりは仕方がない。

現物があるのだから、ちょっとは成果を出してほしいとは思うのだが。

「結婚式が楽しみですね」

ライラさんの目が喜びに満ち溢《あふ》れている。

きっと、いい儲け話だと思っているのであろう。

そして、海水浴の接待から一ヵ月後。

アキツシマ島において、俺と涼子、雪、唯の結婚式が行われた。

大津《オオツ》の拡張、改修された社において神前の式が行われる。

式は日本の神前式にとても類似しており、涼子、雪、唯は白無垢《しろむく》、角隠し姿であった。

「旦那様、末永くよろしくお願いします」

「こちらこそ。でもいいのか？」

「はい。あの兼仲と軍勢を率いて争っていた時、私は不安でいっぱいでした。それを突然旦那様が空から降りて救ってくれたのです。私は旦那様の妻になれて幸せです」

涼子はきっと、形ばかりの当主で不安でいっぱいだったのであろう。

それを救った俺の妻になることに不満はないようだ。

「私も、あのとき内心安堵《あんど》しました。なにしろ私は魔法が使えませんから」

代々秋津洲家の補佐を行う細川家は、知識と教養が売りの家で、魔法を使える者が滅多に現れない珍しい家系であった。

武力に優れた兼仲に対抗しつつも、果たして撃退できるのかと不安を感じていた時に、俺が助けに入ったというわけか。

「元々役割が役割なので、私を女性扱いしてくれたのはお館様だけなのです」

お飾りなので寛容さが求められる涼子と、時には心を鬼にしないといけない雪。

今まで家臣や領民たちから尊敬はされていたが、同時に畏れられてもいた。

男女の話など出てこなかったのだろう。

「ですので、私は嬉《うれ》しいです」

「そうか。俺もそうだよ」

俺からすると、雪は話しやすいからな。

俺をよく補佐してくれるし。

「私は、涼子様と雪さんのオマケですから」

そして、いつの間にか第三の女として浮上していた唯。

領主や魔法使いとしてだけでなく、元は中央で権謀術策の世界に生きていた松永久秀の娘なだけはあるのか。

「父は、これでアキツシマ島が安定、発展するのなら満足なのです。私の夫に関してですが、私が産む子が次の松永家当主となるので、今まで高望みが激しくて……」

ああ見えて、久秀は唯をとても可愛がっていた。

一人娘なので余計であったようだ。

それゆえに、そんな可愛い一人娘の婿に対するハードルは非常に高いものだったという。

「三好義継《ミヨシヨシツグ》様の妻にと望まれたこともありましたが、父は断りましたからね」

元主君の子供との婚姻を断るとは、どれだけハードルが高いのであろうか。

「そんな中でお館様がいてくれて助かりました。そう頻繁にアキツシマ島へ来られないかもしれない事情は理解しております。島へおいでの時には、三人で精一杯歓待させていただきます」

雪もそうだが、アキツシマにはしっかりとした女性が多いのであろうか？

「バウマイスター伯爵じゃなくて辺境伯か。まあいい。いつかお前を打倒して俺がこの島の主《あるじ》となるのだ！」

「ふんっ！」

「師匠……痛いですよ」

「冠婚葬祭の席である！　大人しくするのである！」

「わかりました……」

その代わり、男にはバカが多いのか？

宗義智《ソウヨシトシ》のアホが、無礼だと導師に拳骨《げんこつ》を落とされながら顔を出した。

その後ろには、織田信長《オダノブナガ》、武田信玄《タケダシンゲン》、上杉謙信《ウエスギケンシン》のＤＱＮ三人娘もいる。

「とはいえ、今の時点では最初の難関である師匠に勝てん！」

「当たり前だ！」

今のところ、人類でそんな奴はいない。

導師が健在なうちは、力こそすべてだと思っている義智もＤＱＮ三人娘もアホなことは考えないか。

「今は島を預けているから、お祝いは奮発しておいたぞ」

決して誇張ではなく、義智とＤＱＮ三人娘は大量のお祝いを持参した。

「お前、どうしてそんなに裕福なんだ？」

「インコ特需だ！」

平和になったアキツシマ島では、武力しか取り得がない領主階級の人間の居場所がなくなった。

文官としての才能は未知数だが、義智やＤＱＮ三人娘のようにやらかしてルルが住んでいた魔物の島に飛ばされた者も多い。

そのあり余る力を利用して、魔物を狩らせているのだ。

今ではルルがいた村の跡地に新しい村が出来上がりつつあり、そこで義智たちは修行と討伐の日々を送っている。

ここに棲《す》む無駄に大きく数が多いインコの羽毛が、寝具や高級衣料品の原料として人気となり、今ではライラさんも購入しているほどであった。

「そんなに儲かるのか？」

「いくら獲《と》っても足りないし、あいつらいくら倒してもいなくならないんだ！」

あの魔物の領域は、インコの楽園だからな。

下手な冒険者だと返り討ちに遭うので、大量に討伐可能な義智たちは重宝されているのであろう。

「じゃあ、暫くはあの島か」

「昔の村の家屋だと辛《つら》くてな。金はあるから家を建てている」

いきなり家を建てるとか、本当に景気がいいんだな。

「まあ、住む人数が増えるからな」

「ふふふっ、我らはあの島で財を築き、いつか我らの島を取り戻すのだ」

「沢山の子を生《な》し、いつかアキツシマ島へ！」

「今のうちに安寧の時を過ごすがいい！」

ＤＱＮ三人娘の発言ですべてわかった。

と同時に、嬉しさもこみあげてくる。

まさか、ＤＱＮ三人娘を引き取ってくれるなんて。

義智はバカだが、意外といい奴かもしれない。

「ヴェル、いいの？」

「いいんじゃないか？」

ルイーゼが心配するが、ああやって言いたいことを言っている間は大丈夫だ。

もし本当に謀反を起こすつもりなら、いちいち口にはしないのだから。

「殿下たちはライラさんと商談かな？」

「みたいだね」

招待した三名の大物は、早速ライラさんとなにか真剣に話し合っていた。

現在、王国、帝国の両国では、独自のルートで魔族と私貿易をするのが流行しつつあり、今の時点で手を出していない大物貴族はボンクラという評価を受ける。

いくら上が交渉で揉《も》めていても、貴族領はそれぞれ独立した国のようなもの。

独自に魔族とパイプを繋《つな》げない者は無能扱いされても仕方がなかった。

ただ、貴族はそれぞれ王国、帝国に所属している。

いくら独自に私貿易を行っても、最低限守らなければいけないルールがある。

明確に文書化されているわけではないが、たとえば武器を輸入したら王国への反逆と取られても文句は言えない、などだ。

実際にいくつかの貴族家で魔族に依頼をしたケースもあり、早速王国は調査に乗り出したそうだ。

もし購入でもしていたら、確実に改易されるであろう。

いまだ統治が安定してしない帝国では、先日魔族から武器を輸入しようとして改易された貴族家があったそうだ。

もっともその貴族は、魔族に騙《だま》されて金だけ奪われたようだが。

最近、人間との私貿易は金になると、怪しげな連中も参加するようになったとライラさんが言っていた。

騙されずに利益を上げることも、貴族や王族としての力量のうちというわけだ。

「ヴェル、そろそろ時間よ」

「わかった」

いよいよ、アキツシマ式の結婚式が行われる。

花嫁と花婿四人が姿を見せると、社の境内では数十名の巫女《みこ》が神に奉納する舞を舞っていた。

「涼子は花嫁だから踊らないのか」

「所望でしたらあとで舞を披露しますね。彼女たちにとって舞うことは、ただの仕事というわけではないのです」

秋津洲家を神官長として、今までは分裂していた社が大津を本拠地に再編成された。

選《え》りすぐりの巫女たちが島の各地から集まって今日の奉納舞を舞っているのだが、彼女たちの大半は領主一族や富裕な商人や庄屋、豪農の子女であった。

「今日は社の前でお祭りも行われており、島が統一されたので多くの人たちが集まっています。巫女たちを男性が見染める機会でもあるのです」

社は未婚の女性を巫女として受け入れ、花嫁修業も兼ねて色々なことを教える。

祭りで舞を舞わせ、それを見て気に入った男性がお見合いを社に申し込み、女性が了承したらお見合い、互いにオーケーなら結婚という流れだそうだ。

「正妻は政略結婚で決めても、側室はこういう場で見染めることも多いのです」

大領主様の側室になれるチャンスというわけか。

巫女には綺麗《きれい》な人が多く、みんな華麗に舞を舞っていた。

「旦那様、興味ある娘はいらっしゃいますか？」

「ははは。舞を見て綺麗だなって思っただけ」

本当、これ以上の嫁は勘弁してください。

奉納舞が終わると、神官らしき人物が御祈りを捧《ささ》げてから俺たちに三々九度をさせた。

この辺は、エルとハルカの式によく似ている。

同じ民族だから当然か。

「今、神の前で四人は夫婦となりました」

アキツシマ島において行われた結婚式は、同時に開催された社の祭りと共に大成功を収めた。

島の住民は平和を喜び、新しい支配者も好意的に受け入れたと思う。

まだ色々とあるかもしれないが、これでバウマイスター辺境伯領はすべて定まった。

俺は、なるべく早く穏便に隠居できるよう、もう暫くは頑張ろうと決意するのであった。

巻末おまけ　メイドは永遠に不滅です！

もうすぐ私も成人を迎え、それに合わせてエルヴィン様と結婚式を挙げる予定となっています。

結婚ともなれば、夫も妻もその準備に奔走するもの。

ですがバウマイスター辺境伯家の重臣であるエルヴィン様はとても忙しく、ここは妻になる私が頑張らなければなりません。

これこそが、ハルカ様の仰《おっしゃ》っていた『内助の功』ってやつですよ。

私とドミニク姉さんはお館《やかた》様の『瞬間移動』に便乗して、王都にあるキャンディーさんの洋裁店に向かいました。

私が結婚式で着るウェディングドレスを注文していたので、その試着に訪れたというわけです。

直接目の前でオーダーメイドされたウェディングドレスを見ると、私もついに結婚するんだなと、感慨に耽《ふけ》ってしまいますね。

「綺麗《きれい》ですねぇ……」

「レーアちゃんの一生に一度の晴れの舞台ですもの。気合を入れて縫ったのよ」

「さすがはキャンディーさん、匠《たくみ》の技ですね。あっでも、中には一生に一回で終わらない人もいますよ」

「ふんっ！」

「痛いですよぉ……ドミニク姉さん」

「縁起でもないことを言うものではありません」

「まあまあ、ドミニクちゃん。確かにレーアちゃんの言うとおり、一生のうち二度も三度も……もっと結婚してしまう人っているのも事実よ。でもぉ……ああ見えてエルヴィンちゃんは優しいから大丈夫よ」

「ですよねぇ」

「……レーア。今、一度で終わらない可能性を示唆していませんでしたか？」

「あくまでも世間様のお話ですよ。私はエルヴィン様のよき妻になりますよ」

「その意気よ！　レーアちゃん、私も応援しているからね」

「ありがとうございます、キャンディーさん」

キャンディーさんお手製のウェディングドレスを着れば、私もいい奥さんになれますとも。

「じゃあ早速試着して、細かな調整をしましょうね」

「二人は本当に仲がいいですね……。それはそうとレーア、また太っていませんか？」

「大丈夫ですよ。私はちゃんと、結婚式に合わせてダイエットをしましたから」

カタリーナ様のように、『〇〇は別腹！』とか、『今は食べるけど、明日から頑張る！』とかそういういい加減なダイエットではなく、しっかり運動して痩せましたよ。

体力が必要な仕事はバンバン引き受けましたから。

「……運動ですか？　食べる物は？」

「ははっ、当然食事を減らしてオヤツも……可能な限り減らしましたよ」

結果的に痩せたのだからいいではないですか。

せっかくキャンディーさんがオーダーメイドで縫ってくれたウェディングドレスですからね。

きつくて着られないなんてことがないよう、気合を入れてダイエットをしましたから。

「確かにレーアちゃん、随分と細くなったわね」

「任せてください。私はやる時にはちゃんとやるメイドなんですから」

いまだ、出産前の体型に戻りきれていないドミニク姉さんとは違いますから！

「ふんっ！」

「痛いですぅ……」

「レーアがなにを考えているのかなんて、すぐにわかります」

心の中で思っただけなのにどうして……。

とにかく一生に一度の晴れの舞台ですから、ウェディングドレスはきっちりと調整しませんと。

う――――ん、少し緩いくらいですね。

ダイエットは見事成功です。

「仲がいいのね、二人とも。……あら、よく似合っているじゃないの、レーアちゃん」

「さすがは、キャンディーさん。素晴らしいドレスです」

ウェディングドレスって、本当女性の憧れですね。

来週、私はこれを着てエルヴィン様と結婚式を挙げるんですね。

「『馬子にも衣装』とはよく言ったものです。実によく似合っています」

「ドミニク姉さん、それは褒めているのですか？」

「当然です。ついにレーアも結婚するのですね。感慨深いものがあります」

なんか誤魔化されたような気が……。

「あとは少しだけ細かな調整をして……はい、調整するためにドレスにピンを刺したからそっと脱いでね」

「キャンディーさん、本当にプロですね」

ウェディングドレスを縫える人って、そんなにいないと私は思うんです。

これで元は導師様が一目置くくらいの凄腕《すごうで》冒険者だっていうんですから、本当、才能って平等ではありませんよ。

「おかげさまで評判がいいから、このところ沢山注文が入ってるのよ。でもねぇ……」

「キャンディーさん、なにか不都合なことでもあったんですか？」

依頼主の貴族様に理不尽な要求をされたとか？

それなら、うちのお館様や導師様に相談するといいですよ。

きっとキャンディーさんのために動いてくれますから。

「そういうトラブルはないわよ。むしろ注文がありすぎて、『ごめんなさい』と言ってお断りしてる状態だから」

「でしたら、どのような件で悩んでいらっしゃるのですか？」

ドミニク姉さんが、キャンディーさんに問い質《ただ》しました。

「それがねぇ……ウェディングドレスを縫う腕前は上がったけど、問題は私がこれを着る機会が一生なさそうなことなのよねぇ……人生って、本当に儘《まま》ならないわ」

「「……」」

さすがに私もドミニク姉さんも、無責任に『きっとキャンディーさんにも、ウェディングドレスを着る機会が必ずありますよ』とは言えませんでした。

キャンディーさんって、中身は誰よりもお嫁さんに向いていると思うんですけど……本当、人生って儘ならないものですね。

＊　＊　＊

「レーアさん、以上がお花のリストです。今回は特に種類を多く揃《そろ》えました。まだお店に届いていないお花も多いですが、結婚式の前日までにはすべて揃う予定です」

「随分と沢山の種類のお花ですね」

「この前のアンナさんの結婚式と同じく、式も祝宴もあまり派手にはできないので、お花はふんだんに用意してほしいと、ハルカ様からのご注文です」

「さすがはハルカ様」

「私も先生と結婚する時には、色々な種類のお花を用意したいですね」

私とエルヴィン様との結婚式の準備でハルカ様とアンナさんは大忙しなので、私とドミニク姉さんが、シンディさんの実家が経営しているフラワーショップのバウルブルク支店へと出かけ、結婚式と披露パーティーで使うお花の確認にやってきました。

事前に行くことを伝えていたら、シンディさんがお店にいて私たちの相手をしてくれました。

「ドミニク姉さんは、お屋敷のお仕事は大丈夫なのですか？」

「他ならぬエルヴィン様の結婚式なので、暫《しばら》くはレーアを手伝ってくれと、エリーゼ様が」

「エリーゼ様、お優しいですね」

「はい」

確かに、エリーゼ様はその胸の大きさに比例するかのように懐が大きいお方です。

さすが、王都では聖女と呼ばれているだけのことはありますね。

「これだけの種類のお花があれば、きっと華やかな結婚式になりますよ」

私はエルヴィン様の側室なのでハルカ様の時のような豪華な結婚式ではなく、お屋敷でお館様やエリーゼ様たちとアットホームに祝う予定です。

飾りつけや、テーブルの上には綺麗なお花がいっぱいあった方がいいですからね。

「しかしながら、『新妻の輝き』がないのである！」

「「うわっ！　ビックリした！」」

まさか、このバウルブルクのフラワーショップで突然、導師様に声をかけられるなんて……。

ちょっと心臓に悪いかも。

「導師様、新妻の輝きって、お花の名前なんですか？」

「通称である！　花が開くと金色に輝くと言われ、結婚式では人気なのである！」

「導師様、お花に詳しいのですね……」

ドミニク姉さんが驚きの表情を浮かべていますが、導師様は定期的に奥様たちにお花を贈る方ですからね。

これが意外にも、お花には詳しいんですよ。

「レーア、よく知っていますね」

「何度か、このお店でお会いしたことがありますから」

このお店でしか売っていない南方の珍しいお花を、奥様たちのために購入されていたそうですよ。

お館様も、導師様を見習った方がいいと思います。

お館様もお優しくて奥様たちに色々と贈り物をするのですが、どういうわけか食べ物が多いので。

女性には、定期的にお花を贈った方がいいと思います！

あっ！

エルヴィン様は……大丈夫、これからそうなっていくはずですから！

「あなたの交友関係の広さには毎回驚かされますね……シンディさん、導師様お勧めの新妻の輝きですが、このリストには載っていませんよね？」

「はい。とても人気なのですが、非常に入手が難しいんです。それに加えて、新妻の輝きは暑さに弱いんですよ」

「つまり、南方にあるバウルブルクでは非常に入手が困難であると？」

「そうなります。だから残念ですけど、リストには入れられないのです」

「なるほど……そうなのですか」

私も新妻の輝きを直接見たことはないですが、でも名前からして結婚式で飾るには相応《ふさわ》しいお花かもしれませんね。

とても残念です。

「新妻の輝きであるか？　このバウマイスター辺境伯領に自生しているのである！」

「えっ？　本当ですか？　私も従業員たちもそんなお話聞いたことがないです」

「シンディ嬢、それもそのはずである！　なぜなら、某《それがし》がたまたまバウマイスター辺境伯領を探索していて見つけたのである！」

導師様は、相変わらず探索が大好きですね。

入手が困難だという新妻の輝きの生息地を、それも南方で見つけてしまうのですから。

「導師様、暑さに弱い新妻の輝きを、よくバウマイスター辺境伯領で見つけましたね」

「確かにこの南方は暑いのであるが、山の上ならばそこまで暑くならないのである！　新妻の輝きはそこに群生しているのである！」

なるほど。

山の上なら、暑くないどころか涼しいくらいですからね。

新妻の輝きが自生していても不思議ではありませんか。

「ですが導師様、山の上にまで採りに行くのは大変ですよ。魔物がいるかもしれませんから」

シンディさんの言うとおりで、バウマイスター辺境伯領で有名な山といえばリーグ大山脈です。

あそこは、飛竜とワイバーンの生息地ですからね。

そう簡単に採りに行けるものではありませんし、結婚式までそう日も遠くないのですから。

他の準備も色々とあって、みんな忙しいですしね。

「リーグ大山脈ではない他の山なのである。そこには魔物もいないから安心なのである！　採取など一日もあれば十分！　思い立ったら吉日である！」

「あっ、それはハルカ様が教えてくれたミズホの言葉ですね」

「レーアとドミニク。現地で好きな花を選ぶのである！」

「私たちもですか？」

「エリーゼから聞いたのである！　ドミニクは、結婚式までレーアの傍《そば》で手伝いをすると」

「エリーゼ様……」

「では！　出発なのである！」

「え――っ！　いくら魔物がいなくても素人さんを二人も連れて危ないですよ！　私も行きます！」

導師様は新妻の輝きの採取を即決され、実は結婚式まで比較的自由に動ける私とドミニク姉さんを魔法の袋から取り出した大きな籠《かご》に乗せ、それを抱えながら『飛翔《ひしょう》』で南へと飛んでいくのでした。

「導師様、速いですよぉ――！」

そのあとを、シンディさんが『飛翔』で追いかけますが、私たち二人を入れた籠を抱えながら飛んでいるのに彼女よりも速く飛べるなんて……。

さすがは導師様。

逃げられない運命――普通、花嫁をお花の採取になんて行かせないはずなんですけど――結婚前のスリリングな小旅行ということにしておきましょう。

＊　＊　＊

「到着なのである！　ここはバウルブルクと魔の森とのほぼ中間にあたる『ザンス山』なのである！　この山の頂上に……いっぱい新妻の輝きが自生しているのである！」

「うわぁ、凄《すご》いですね。では早速、新妻の輝きを採取しましょう」

「……」

「ドミニク姉さん、大丈夫ですか？」

「むしろ、まったく大丈夫なレーアの方がおかしいです」

「そうですか？　風を切って、まだ自然いっぱいのバウマイスター辺境伯領上空を高速で飛んでいく……気持ちいいじゃないですか」

「レーアさんって、エルヴィン様の奥様にとても向いていると思います」


数時間の空の旅の後、私たちは無事、新妻の輝きが自生するザンス山の頂上に到着しました。

上空から雄大な自然を見ながら風を切るのは楽しいですね。

シンディさんは導師様を見失わないよう全速力で飛行し続けた結果、今は大分お疲れのようで、ドミニク姉さんは顔が青いです。

導師様が抱えていた籠はほとんど揺れなかったので、私は全然酔わなかったのですが。

「ドミニク姉さんは、高いところが苦手なのですか？」

「あの高度が苦手じゃない人間を私は知りたい……目の前にいましたね……」

そんなに怖いですかね？

風で波打つ草原を疾走する鹿の群れとか見ていると、観光に来たみたいで楽しいじゃないですか。

「シンディさんもそう思いますよね？」

「それどころじゃなかったぁ……」

導師様は、魔法使いの中でもトップクラスに速く飛べるようですね。

シンディさんは、導師様について飛ぶのがやっとだったようです。

しかも導師様は、私たちというお荷物を抱えていながらの飛行だったのですから。

「なぜ私まで……という疑問はありますが、確かに新妻の輝きらしき花はいっぱい自生していますね」

「山頂にこれでもかと生えていますね。噂《うわさ》に違《たが》わぬ美しさです」

このザンス山はそこまで標高が高い山ではありませんが、山頂には魔物も野生動物も生息していないらしく、だから新妻の輝きにとって楽園となっているようです。

ザンス山の頂上付近を見渡すと、金色に輝く新妻の輝きがあちこちに咲き誇っていました。

「レーアも私も、まだ結婚式の準備が残っています。一刻も早く新妻の輝きを採取してお屋敷に戻りましょう」

「あっ、でも。結婚式で使えるお花を摘《つ》むには夜中まで待たないと駄目ですよ」

「シンディさん、それはどういう？」

「新妻の輝きの最大の特徴である金色に輝きながら咲くのは一日だけ。すぐに枯れてしまうのも、入手が難しい理由の一つなんです。今輝き咲いている花を持ち帰っても、結婚式の時には萎《しお》れてその輝きを失ってしまいます。ツボミをよく見定めて持ち帰り、水の入った花瓶に挿しておく必要があるんです」

「旬が短い花なんですね。もうすぐ咲く花を見極める方法って、それは夜中にならないと確認できない、ということですか？」

「ドミニクさんの仰るとおりです。夜中にツボミが淡く輝いているものを切り取って持ち帰り、これを水の入った花瓶に挿しておけば、ちょうど結婚式当日に輝いて咲く新妻の輝きを楽しめるってわけです」

さすがはフラワーショップの店長。

普段大半の仕事を店員さんたちに任せていますけど、お花に関する知識には素晴らしいものがありますね。

「シンディさん、それってつまり……」

「はい。夜中までここで待たないと、どのツボミを切り取っていいものか……」

「つまり、野営ですね」

真夜中に『飛翔』で飛行すると、視界不良で危険ですからね。

ここで夜営の準備をしながら夜中まで待ち、一泊して空が明るくなったらお屋敷へと戻る。

「野営ですか。楽しそうですね」

「そうである！　野営とは、とても楽しいものなのである！」

「導師様……はともかく、レーアはなんとも思わないのですか？」

「えっ？　楽しいと思っていますよ」

私たちは冒険者ではないので、野営の機会なんてそうそうありませんからね。

結婚を前に、小旅行と野営ができるなんて楽しいじゃないですか。

それに時おりエルヴィン様も冒険者として野営をしますから、妻として夫の仕事を理解するのに、とても役立つと思うのです。

「ドミニク姉さんは、そういうの苦手なんですか？」

以前エリーゼ様が、野営とはとても楽しいものだとお話になっていたではないですか。

エリーゼ様の幼馴染《おさななじみ》であるドミニク姉さんも楽しまないと。

「……どのみち野営をするしかないのですが……レーアはなんでも楽しそうでいいですね」

「はい、とても楽しいですよ」

ドミニク姉さんは私を褒めて……いますよね？

とにかく野営に備え、必要な準備を始めましょうか。

今こそ、メイドとしての本領発揮の機会というわけですよ。

＊　＊　＊

「今日は夕食が豪華なのである！　これに酒がよく合うのである！」

「導師様、あまりお酒を飲みすぎるのはよくありませんよ」

「ドミニクは、エリーゼによく性格が似ているのである！　今日はまだ仕事があるので、飲みすぎはしないのである！」

山頂に宿泊のためのテントを張り……導師様が男性用と女性用の二つを魔法の袋から取り出してくれました。

テントは随分と新しく、さらに機能性に溢《あふ》れて設置しやすいと思ったら、お館様が職人たちに試作させたものだそうです。

お館様、野営の道具の設計までしていたんですね。

女性用の新しいテントは、私、ドミニク姉さん、シンディさんの三人で横になっても十分余裕があって、まったく隙間《すきま》風が入ってこないので暖かくていいですね。

「レーアさん、これなら夜中まで待っても寒くないですね」

「山頂ともなると、夜は寒いですからね」

「みな、肉が焼けたのである！」

テントから出ると、導師様がその辺の石を組んで作った竈《かまど》で火を熾《おこ》し、その上で熱した鉄板の上で、ショウユを用いたタレに漬けたワイルドボアの薄切り肉を焼いていました。

実に手慣れていますね。

切ったお野菜も一緒に焼いていきますが、導師様はほとんどお肉ばかり食べていますね。

「導師様、お野菜も食べた方がよろしいのでは？」

「ドミニクは、エリーゼに性格がよく似ているのである！」

導師様は唯我独尊なので他人の意見に耳なんて傾けませんし、それこそが導師様が導師様たる所以《ゆえん》なんですけどね。

「これも焼くのである！」

「いや、バウマイスター辺境伯が試作していて、一緒に試食したら美味《おい》しかったので貰《もら》ったのである！」

「導師様が作られたのですか？」

「猪《いのしし》の内臓を丁寧に下処理して、特製の辛いミソに漬け込んだものである！」

「内臓ですか？」

ですよねぇ……。

導師様が料理なんてしないでしょうから。

「美味しいですね。エリーゼ様の仰るとおり、お館様はこういうことが好きですよね」

「先生は野営でも美味しい食事をとりたいからと、暇さえあれば研究していますよ」

「このモツの辛ミソ漬けを食べてから蒸留酒を飲むと、口の中がサッパリして、また沢山食べられてしまうのである！」

私、知ってます！

それは美味しいけど健康にはよくないって、お館様が仰っていました。

「冷えたパンの上に、バウマイスター辺境伯領内の牧場で作ったチーズをのせて火で炙《あぶ》ると、チーズが溶けて美味しいですよ」

たまにはこうやって野営をして、火を囲みながら料理を食べると美味しいですね。

大雑把《おおざっぱ》なメニューですが、いや、こういう時には大雑把な料理の方が美味しいと私は思うんです。

「デザートを作りましょう」

導師様から魔法の袋に入れているけど普段は使わないというフライパンを借りて、これでフランべを作ります。

カットしたフルーツをフライパンで炒めて少し焦げ目をつけ、最近領内によく出回るようになったラム酒と砂糖を入れてさらに炒めていきます。

「うわっ！　フライパンから炎が！　豪快ですね」

「ラム酒の酒精が燃えているので、まだお酒が飲めないシンディさんでも安心して食べられますよ」

「温かいデザートとは珍しいのである！」

「お屋敷では、お館様が自作したアイスクリームに添えて食べています。温かいフルーツと冷たいアイスクリームの組み合わせは美味しいですよ」

今日はアイスクリームがないので、温かいフランベだけですけど。

肌寒い山頂なので、むしろその方が体が温まっていいでしょう。

「おおっ！　さすがはエルヴィンに嫁ぐだけのことはあるのである！　実に美味《うま》いのである！」

「私はメイドですからね。このくらいのことはできますとも」

「大分腕を上げましたね。これなら嫁いでも安心でしょう」

「ええっ！　ドミニク姉さんが私を褒めるなんて！　これは天変地異の前触れですか？」

もしかして、この世の終わり？

「ふんっ！」

「痛いですよぉ……」

ドミニク姉さん、嫁入り前の清い体を傷つけないでください。

「レーアが、素直に褒められていれば問題なかったのです」

「さて、もうそろそろなのである！」

デザート食べながらワイワイ楽しくやっていたら、時間がきたようです。

新妻の輝きの群生地に向かうと、いくつかすでに輝き咲いている花を発見しました。

ほぼ丸一日輝きながら咲くそうなので、もうすぐ枯れてしまうのでしょう。

そう考えると、今は美しくても儚《はかな》さも感じてしまいますね。

「あっ、淡く輝くツボミがいくつかあります」

そして、わずかに光るツボミもいくつか発見しました。

これを採取すればいいわけですね。

私たちは、ツボミの状態で淡く光っている新妻の輝きを切り取り採取していきます。

「これが、結婚式の日には輝きながら咲くのである！」

「多少日にちがズレて間に合わなかったり、早く咲きすぎる花もありますので、多めに採取してください」

こういう時のシンディさんは、本当にフラワーショップの店長さんなんですね。


「終わりました」

「では仕事も終わりましたので、明日の出発に備えて寝ましょう」

「ドミニク姉さんにはロマンがないですねぇ……」

「いきなりなんです？」

「ほら、夜空を見てみてくださいよ」

ここは高度のある山の山頂で、しかもバウルブルクみたいに多くの明かりも灯《とも》っていません。

夜空を見上げると、まるで宝石箱のように星が綺麗じゃないですか。

「これは……綺麗ですね」

「お花も綺麗だけど、お星様も綺麗ですね」

私だけでなく、ドミニク姉さんとシンディさんも暫し星空を見上げ続けていました。

感動してしまうほどの綺麗な星空ですね。

「結婚前に、いい思い出なのである！」

「そうですね、導師様」

突如、新妻の輝きを採取するためにここへ連れてこられた時はどうかと思いましたけど、野営に、野外調理に、美しい新妻の輝きと星空。

実に素晴らしい思い出となりました。

「結婚して落ち着いたら、今度はエルヴィンとどこかに出かければいいのである！」

「それは楽しみです」

「結婚式に飾る新妻の輝きが確保できてよかったのである！　明日に備えて寝るのである！」

ちょっと強引なところもありますが、導師様は女性に優しいです。

お館様とエルヴィン様から導師様は意外とモテると聞いたことがありますが、今日の出来事で納得してしまいましたね。

だって、結婚する私のためにこんなに綺麗な星空を見せてくれたのですから。

いつか再び、今度はエルヴィン様とハルカ様、アンナさんと一緒にこの星空を見に来ましょう。

＊　＊　＊

「なんともまぁ。導師は相変わらず即決の人だな」

「俺とレーアの結婚式で飾る花を採ってきてくれたし、シンディはともかく、真面目なドミニクも楽しそうだったからいいんじゃないか」

「それにしても……」

「それにしてもなんだ？　ヴェル」

「俺のワイルドボアの辛味噌《からみそ》モツ漬けの試作品を、キャンプ飯として食うとは羨《うらや》ましい」

「……お前は、たまによくわからないな」


無事、新妻の輝きを採取した私たちは、翌朝、軽く朝食をとってから屋敷へと戻りました。

お館様とエルヴィン様が私たちを待ってくれていましたが、あまり心配はしていなかったようですね。

なんでも、導師様が魔導携帯通信機で連絡を入れていてくれたとかなんとか。

「伯父様、もう少し計画性を持ってくださいね」

「次からはそうするのである！」

私たちにマテ茶を淹《い》れながら、エリーゼ様が導師様に少し釘《くぎ》を刺していました。

エリーゼ様は、バウマイスター辺境伯家の良心だからですね。

さすがの導師様も、エリーゼ様を本気で怒らせるようなことはしませんから。

「野外でキャンプかぁ……いいなぁ……」

お館様が私たちの野営の様子を聞き、とても羨ましそうにしていました。

ですが野営なら、冒険者として出かけた時によくしているのではないかと。

それとも、どこか違うものなのでしょうか？

「冒険者としての活動中に野営するのと、お休みにただテントを張り、火を熾して飯を作って食べ、星空を眺めながら夜を過ごすこととの間には、絶対的な差があるから」

「そうですか？」

確かに野営は楽しかったですけど、お館様たちが普段している野営とそこまで違うものなのでしょうか？

私たちの場合、ただ野営が珍しいから楽しかったという見方もできるのですから。

「それにさぁ、ヴェルって十二歳になってブライヒブルクの冒険者予備校に入学するまで、よく未開地で一人野営をしていたって聞いたぞ。なにか違うのか？」

「違う！　アレは修行の一環でもあったんだ！　俺はただ空いた時間にどこでもいいから一人になりたいんだよ」

「そんなに一人になりたいのか？　まあ気持ちはわからないでも……」

「たまには一人で火をくべながら夜を過ごしたい。新型のテントだって、せっかく職人たちが試作品を持ってきてくれたのに、使うのは導師ばかりじゃないか」

「導師は暇……導師が忙しってことは王国が大変な状態だってことだから。だからそれでいいんだ」

導師様は、ヘルムート王国の最終兵器ですからね。

出番がない方が平和でいいんですよ。

「とにかく、話を聞いていたら俺もキャンプしたくなってきた。今日は休もう」

え――――っ！

そんないきなり休むって……あの人が認めるわけが……。

と思ったその瞬間、一人の人物が部屋の中に入ってきました。

誰あろう、バウマイスター辺境伯家の家宰であるローデリヒ様です。

「残念ですがお館様。エルヴィンとレーアの結婚式の日まで、お館様にはお休みはございません。今日もスケジュールがビッシリと詰まっておりますので。さあ、今日も元気よく領内発展のために頑張りましょう！」

「ローデリヒ！　お前も理解できるだろう？　突然急なお休みができたら、それはもの凄くストレス解消とリフレッシュに役に立ち、明日からまた元気に働けるって」

「はて？　拙者は突然の休みなど経験したことがございませんので。おおっ！　もう時間だ！　お館様、まずはバウルブルク郊外の新しい造成地です」

「待て！　俺は休みたいんだぁ――――！」

最後まで抵抗するも、お館様はローデリヒ様に引きずられるように連れていかれてしまいました。

お館様ってこの領地で一番偉いはずなのに、どういうわけか一番大変そうに見えるのは私の気のせい……ではありませんね。

「エルヴィン様、男性は突然一人になりたくなるものなのですか？」

「……なくはないかな……」

そうなのですか。

では私がエルヴィン様の奥さんになったら、そういうところもよく注意していこうと思います。

新妻の輝きも手に入ったので、今日も結婚式の用意を抜かりなく進めていきましょう。

＊　＊　＊

「お父様、お母様。これまで育てていただきありがとうございました。レーアはエルヴィン様に嫁ぎます」

「「……」」

「ドミニク姉さん、幼少の頃からお世話になり、メイドとしてもご指導いただきありがとうございました。レーアはエルヴィン様のよき妻となります」

「……」

「あの……なにかないんですか？『可愛《かわい》い娘が嫁ぐと寂しい』とか。『まるで妹のように可愛がっていたレーアが！』とか。なんならここは涙でも流すシーンですよ」

これから可愛い娘が嫁いでいくというのに、うちの両親はもっとこう、なにかないんですかね？

普段は王都に住んでいて、今日は結婚式のためバウルブルクに来ていて久しぶりの再会だというのに。

ドミニク姉さんもですよ。

大切な妹分がついに嫁ぐのですから、記憶に残る感動的なシーンをですね……。

「いや、レーアとは先週会ったばかりじゃないか」

「バウマイスター辺境伯様のお供でよく王都に来ていますよね」

「そっ、それは……」

『瞬間移動』で王都に出かけるお館様が、お供に私を指名することが多いからですよ。

確かに、言うほど両親とは久しぶりじゃなかったです。

先週、普通に会ってました！

「レーア、確かにあなたは結婚しますが、だからといってこれまでの生活と大きく変わることなんてありませんよ。今生のお別れでもありませんし……」

アンナさんの時と同じく、結婚式のあとに何日かお休みはありますけど、私はメイドを辞めるわけではありません。

「確かに……」

アンナさんもエルヴィン様と結婚しましたが、別にメイドは辞めていませんからね。

お屋敷の中で直接お館様やエリーゼ様たちのお世話ができるメイドって、人数が少ないですから。

「ですので、おめでとう、とは思いますが、感動……しますか？」

「ううっ……」

ドミニク姉さん、そんな真顔で私に質問しないでくださいよ。

「とにかく結婚式が始まるので、ウェディングドレスに着替えてください。キャンディーさんが待っていますよ」

「そういえばそうでした！」

キャンディーさんは、ウェディングドレスの着付けを引き受けてくれたのでした。

友達である私のために、わざわざ王都から来てくれたのです。

「急ぎ着替えます！」


キャンディーさんにウェディングドレスを着付けてもらってから教会へと移動し、いよいよ結婚式が始まりました。

招待客の方々の前で、司祭様の誓いの言葉にエルヴィン様と二人で答え。

エルヴィン様から結婚指輪を指に填《は》めてもらい。

最後に、誓いの口づけをして。

いよいよブーケトスの時間がやってきました。

「ブーケを取れた人が次に結婚できるってよく聞くけど、誰もその事実を確認した人はいないよな？」

「……次かどうかはともかく、ほぼ結婚しますよ」

エルヴィン様、だって今日もバウマイスター辺境伯家の関係者で未婚の若い女性がみんなブーケを狙って……狙って？

「レーアちゃぁ────ん！　エルヴィンちゃぁ────ん！　こっちよぉ────！」

「キャンディーさんか……大丈夫かな？」

「ええと……大丈夫だと思います……」

キャンディーさんの身体能力なら、きっと他の未婚女性たちに被害をもたらすことなく、ブーケを掻《か》っ攫《さら》っていくと思うんです。

「そんなブーケトス聞いたことねえ！」

「でも、投げないわけにいきませんから。ええいっ！」

運を天に任せ、私は特製のブーケを未婚女性たちに向けて投げます。

すると……。


「ほぉ────！　取ったぞ────！」


「「「「「「「……」」」」」」」

ブーケを狙う未婚女性たちの最後方にいながら、その場からまったく音を立てず、まるで猫のようにしなやかに飛び上がってブーケを掴《つか》み取り、華麗な着地を見せたキャンディーさん。

嬉《うれ》しさのあまり野太い声で絶叫する彼女を、すべての参列者たちは静かに見つめることしかできませんした。

「よっしゃぁ────！」

「キャンディーさんが喜んでくれてよかったです！」

「そう……だな……」

その後、ごく親しい関係者のみでパーティーが開かれましたが、苦労して入手した新妻の輝きはとても綺麗ですね。

祝宴会場のあちこちに飾られており、みんなの会話を盛り上げてくれました。

「今度、新妻の輝きの注文が入ったら、私が飛んで採りに行けばいいんですけど、とてもハードワーク……いえ、これも魔法の特訓です！」

シンディさんはとても元気ですね。

でも、ザンス山の山頂で咲く新妻の輝きは、一見の価値があると思うのですよ。

「エル、お休みの間レーアとはどう過ごすんだ？」

「そうだなぁ……王都にでも行こうかな」

お館様の問いに、エルヴィン様がそう答えます。

「王都ですか！　楽しみです！」

私は王都の出身ですからね。

エルヴィン様を案内できますよ。

なんなら、実家に泊まっても……新婚だからそれはないですね。

王都の豪華なホテルに……。

「先週、ザンス山での野営に感動していたのに、ですか？」

「ドミニク姉さん、それはたまにだからいいんですよ。いくら感動的な光景でも、日を置かずに見続けたら感動も半減ですから」

「レーアは相変わらず調子がいいですね」

「じゃあ、王都観光だな。あそこは広いから、三年間いた俺も知らない場所が多い」

「エルヴィン様、私がご案内しますよ」

翌日から私たちは新婚旅行に出かけ、夫婦水入らずで楽しい時間を過ごすことができました。

そして、私は再びメイドに戻るのでした。


「メイドでも人妻ですけど！」

「それは私もアンナさんも同じなので。とはいえ、家庭のこともあるので、新しいメイドたちを入れて、教育しながら仕事の量を減らせばいいという、お館様からのご温情です」

私も人妻となった今、家庭のこともありますからね。

同時に、私とアンナさんが産休に入った時、お屋敷内の人手が不足する事態も十分にあり得ます。

それに備えての準備というわけですか。

「ドミニク姉さん、任せてください！　新人さんたちは、私がビシビシ鍛えますから！」

「ふんっ！」

「痛いですよぉ……私、人妻なのに……」

「だから三人ともそうではないですか。新人たちはお館様回りの担当に選ばれるだけあって、非常に優秀な資質を持つ者たちなのです。レーアも油断していると抜かれますよ」

「なんか凄い話になってますね！」

「バウマイスター辺境伯家は、今や押しも押されもせぬ大貴族。そこで働きたいメイドたちはとても多いのですから」

「なるほど」

確かにこれは油断できませんね。

私ももっと精進して、メイド道を極めなければ！

「まずは新人たちを紹介しますから、レーアとアンナさんは先輩として必要なことを教えていってください」

「わかりました」

「任せてください！」

最初はドミニク姉さんの紹介で始めたメイドですが、この道は奥が深いです。

私はエルヴィン様の妻となりましたが、妻として、将来は母として、それだけではなく、バウマイスター辺境伯家のメイドとして頑張っていこうと、改めて決意するのでした。


メイドは続くよ、いつまでも。


「新人さんたちの中で、お館様の奥様になられる方って出るんですかね？」

「ふん！」

「痛いですよぉ……」

「そんな余計なことは考えなくていいのです。さあ、行きますよ」

八男って、それはないでしょう!

MFブックス

八男って、それはないでしょう！ 22

2021年4月25日　初版第一刷発行

著者　Y.A
発行者　青柳昌行
発行　株式会社KADOKAWA
〒102-8177　東京都千代田区富士見2-13-3
0570-002-301（ナビダイヤル）
印刷・製本　株式会社廣済堂
ISBN 978-4-04-680392-4 C0093

企画　株式会社フロンティアワークス
担当編集　小寺盛巳／下澤鮎美／福島瑠衣子（株式会社フロンティアワークス）
ブックデザイン　ウエダデザイン室
デザインフォーマット　ragtime
イラスト　藤ちょこ

本シリーズは「小説家になろう」（https://syosetu.com/）初出の作品を加筆の上書籍化したものです。

ファンレター、作品のご感想をお待ちしています

宛先
〒102-0071　東京都千代田区富士見2-13-12
株式会社KADOKAWA　MFブックス編集部気付
「Y.A先生」係「藤ちょこ先生」係

二次元コードまたはURLをご利用の上
右記のパスワードを入力してアンケートにご協力ください。

https://kdq.jp/mfb
パスワード
4b54e

● PC・スマートフォンにも対応しております（一部対応していない機種もございます）。
●お答えいただいた方全員に、作者が書き下ろした「こぼれ話」をプレゼント!
●サイトにアクセスする際や、登録・メール送信時にかかる通信費はご負担ください。

悪霊とゴミは燃やせるだけまだマシ!!
人間相手が一番厄介!!
除霊の報酬で得たマンションで、久美子らと同棲生活を始める裕。
順風に思えた矢先、何者かの尻ぬぐい的な仕事が多発し、裕は業を煮やしてしまう。
さらには裕の通っている学校にも厄介者が現れ……。
最強除霊師のお祓い活劇第二幕
2021年5月発売予定!
著 Y.A
イラストレーター 緒方剛志
異世界帰りのパラディンは、最強の除霊師となる
2